鯨魚的肚臍
娜芝娜——著
王淑慧——圖

名家推薦

許建崑（東海大學中文系兼任教授）：

主角貝坦．凱托斯（Baten Kaitos）的名字，就是南天星座中鯨魚座「天倉四」的那顆星星，直稱「鯨魚的肚臍」。他的父親阿基亞克是族群裡的英雄，狩獵鯨豚的隊長；為什麼會以巴多克人看不見的星星為孩子命名？

貝坦．凱托斯自小有繪畫天分，卻不忍殺生，前往都市就學，成為鯨豚名畫家。除了獵殺鯨豚之外，有什麼辦法可以傳承巴多克文化呢？

這篇小說，知識與題材上都有憑有據，簡直是國家地理頻道的生態作品。而故事情節安排相當緊湊，各章節均變換敘事者，甚至創造了十二歲的雄鯨赫魯斯坦，來述說鯨魚心事；並與十二歲的主角對話。物、我合一，展現了大自然生命一體的精神。

黃筱茵（童書翻譯評論工作者）：

故事探討一隻頭上長不出角的獨角雄鯨和一個額頭彷彿長了角的極地部落少年相仿又交纏的命運，用奇幻的視角並置的生命經驗說訴個體的自我追尋、疑惑與發現。在流暢的敘事切換間，同時烘托出人類與自然生態共存共生的概念，並且提出部族地域文化究竟應該保存或者改變的辯證。這篇小說文字優美，用細膩的意象呈現遙遠的極地風光，與恆常流淌在自然世界裡、神祕又美好的景致。穿梭在人類文化與具有豐沛力量的自然宇宙間，是一部擴大讀者生命視野的壯闊篇章。

黃秋芳（作家）：

緊密的意象，生動的大自然，合情合理的故事經營，不斷裎露出極地的流離、靈性的追尋、生存的不安、文明的檢視，以及共生的必要和必然……，從含藏著哲理的深刻議題中，傳遞出溫柔深邃的情感。獨角鯨選擇屬於牠自己的獵鯨人，為之殉亡，牠的孩子長不出「獨角」，獵鯨人的孩子卻長出角來，如《失落的一角》故事中的相遇，以一種超越理性藩籬的飽滿能量，在現實與想像邊緣自由流動，時代的變遷和人性的拉鋸，相生、相映，相互滲透、影響，最後還是傳遞出美好的希望。

目錄

1 第一支魚叉

相較於前幾天的風雪，這天是個晴空萬里的好日子，捕鯨隊的隊長阿基亞克走到海岸邊，望向十公里外的卡托島，島上仍然雪白一片，但已經有不少燕鷗在島上盤旋。阿基亞克閉上眼睛，深深的、貪婪的吸了一口氣，讓極地攝氏零下十二度的氧氣，脹滿他人類體溫攝氏三十六度的肺臟。

這時，卡托島從南端向北約三分之一島長的高地，隱約噴起一陣微微白霧。

「是時候該出發了！」阿基亞克定定望著島上那縷旋即消逝的白煙一會兒，一雙強而有力的大手掌用力的往自己的大腿上一拍，也拍起一陣微微的白霧，像是在回應卡托島吐出的訊息。

阿基亞克離開海岸，直直往部落裡的聚會所走去，走著走著感覺到心裡升起一股興奮，慢慢在體內加溫，他忍不住越走越快，越走越快，最後索性小跑了起來。

其實他會如此興奮是可以理解的。在去年的鯨魚節祭典中，他才從上一任捕鯨隊長圖卡老大手中，接掌了捕鯨隊長這個關係著全部落生計的重要職位。他從十歲開始就跟著圖卡老大，在每年的捕鯨季節裡，為族人追捕接下來一整年所需的鯨魚肉，也因此練就一身好功夫。他今年已經二十六歲了，第一個孩子也將在最近幾週來到這個世上。同時肩負著新手隊長和新手爸爸的雙重責任，讓阿基亞克感受到前所未有的熱血沸騰，他要為全部落的族人和他的孩子，帶來更豐盛的生活！

而且他十分確信——卡托和依娃大神會庇佑他的！

「捕鯨隊成員請注意！」才開啟廣播麥克風，阿基亞克便發現自己因過度興奮而略顯高亢的嗓音，不覺咳了一聲，假裝清清喉嚨，努力壓抑情緒，表現出隊長該有的沉穩氣息。

「各位族人，現在是捕鯨隊長阿基亞克廣播，捕鯨隊成員請注意！」阿基亞克待呼吸平順些，用低沉而帶威嚴的嗓音開始廣播，就像從小到大聽見圖卡老大在廣播的那種腔調。

「卡托島已捎來信息，今年度的捕鯨工作將於今天揭幕，請隊員攜帶器具、其他族人們請將準備好的祭祀物品一併帶至鯨岸廣場集合！」

呼～阿基亞克一口氣說完全部廣播內容，不自覺的吐出一口長氣，而聚會所外，已經有人們開始行動的聲音。

每年四月，卡托島吐出白霧的當天，便是巴多克部落捕鯨季節開始的第一天。今年晚了些，今天都已經是四月十二日了，但巴多克部落的族人一點也不擔心，他們相信卡托和依娃大神會在四到六月的捕鯨時期，賜給族人足夠的鯨魚，而且巴多克部落的人口總數只有不到一百二十個人，他們的捕鯨數量也一直遵守著國際捕鯨委員會給予的配額。

巴多克捕鯨隊一共有三艘海豹皮捕鯨小艇，每艘小艇會乘坐五位捕鯨隊員。捕鯨隊是由一名隊長及二十位成員組成，每次出海前，所有成員都會到廣場集合，再由隊長從中挑選出當天適合出任務的成員，因為整個部落也不過只有二十四戶人家，所以幾乎每戶的壯丁都是捕鯨隊的一員。

族人們已在鯨岸廣場準備就緒。

二十位捕鯨隊成員一字排開面向飄著浮冰的大海，阿基亞克站在他們的前方三步，一行人望著卡托島的方向，其他族人則圍在廣場的四周，已備好的海豹肉糊放在用漂流木做成的大碗中，由族人中最年長的女性遞給在捕鯨隊四周來回走動的圖卡老大。圖卡老大高舉起大碗，面向卡托島開始低聲吟唱，吟唱聲隨著風飄向卡托島後，又很神奇的被吹了回來。在幾分鐘的吟唱時間，大家都靜靜聽著，祈禱著。

突然，圖卡老大用高亢的聲音收尾，然後把整碗的海豹肉糊交到阿基亞克手中。阿基亞克用堅定的眼神接過大碗，深深的向卡托島一鞠躬，便閉上雙眼，像是在等待某人下達指令，然後轉向二十個隊員，挑出十四個人，一行人便往捕鯨小艇出發。

「我今天一定會捕到鯨魚的！」拿著大碗，翻上小艇，在出發前阿基亞克回頭看了一眼在廣場邊挺著大肚子喘氣的妻子克里莎，像是立下誓言般的對自己說著。

捕鯨小艇呈著一前二後的隊形在海上前進，行至卡托島南方海面上便停了下來，阿基亞克站在第一隻小艇的最前端，慢慢彎下腰來，把身子探出小艇，一邊吟唱著祈禱文，一邊把大碗中的海豹肉糊分成小團小團放入大海中，直到整碗的肉糊都放完了，阿基亞克才停止吟唱，坐回小艇中的位子。

三隻小艇繼續往南前進，大家都屏氣凝神的注視著海面。

為了不被鯨魚發現，捕鯨成員一律穿著白色的外衣，和著相同的划船節奏，在這藍白交織的極區海面，遠遠望去就像是三隻露出脊部的鯨魚。

隊員們很有耐心，他們知道鯨魚的聽覺十分敏銳，不能用聲音洩露出人類的身分，所以他們需要假裝自己是一群路過的魚，不匆不忙，不心浮氣躁。

「鯨魚聽得見你的渴望！」當他們都還是孩子的時候，長輩們就這樣教導著。

「千萬不要在你的心裡勾畫出你想要鯨魚出現的地點！」

「不要在你心裡想像有一條鯨魚衝出海面時，你奮力丟出魚叉的畫面！」

「不要在你心裡記起你是一個人類！你要想像你是環境的一部分，你融在大海天空裡，你看不見你自己，這樣鯨魚才看不到你。」

所以阿基亞克清空他的思緒，只留下專注。

時間和空間不知凝結了多久，小艇底下出現幾個龐大的陰影，陰影們十分從容，阿基亞克緩緩轉身，舉起左手對其他隊員做出一個下壓的手勢，要隊員們沉住氣，隊員們順勢都再把身子壓得更低。

突然，阿基亞克的小艇前方露出一個藍黑色龐然大物，背上的洞口噴出一柱水霧，旋即又往海裡去，而被噴出的水霧還來不及落入海裡，就已經凍成冰晶。接著是左右兩邊陸續出現噴氣。

三隻！阿基亞克只容許自己的腦子裡出現「三」這個數字，沒有畫面，沒有針對性。

不一會兒，右邊不遠處又出現一柱小一點的噴氣，阿基亞克只斜瞄了一眼小噴氣便把目光回正。

「我們不能獵捕幼小的鯨魚！這是規則！」身為一個巴多克人，

大家得記住很多的捕鯨規則。

「幼小的鯨魚就像幼小的人類，你要讓牠長大，讓牠繁衍下一代，然後要帶著敬意去捕獵，這樣生命才能有對的循環。」

阿基亞克再度轉向他的隊員，這回他緩緩把右手伸直，指向鯨魚群前進的方向，隊員們很有默契的加快划槳的速度，好跟上這群鯨魚。而這時阿基亞克的右手已把一直放在身旁的魚叉握緊，其他兩艘船上的魚叉手也準備好了。

跟隨鯨魚們前進沒多久，阿基亞克已經推測得出鯨魚下一次露出海面噴氣的地點，他連呼吸換氣的速度都跟鯨魚們一樣了，他是一條在船上的鯨魚。

他把魚叉握得更緊。等待。

在幾回的呼吸循環後，小艇前方露出藍黑色的背脊，阿基亞克抓緊機會，奮力丟出魚叉。

眼看隊長的魚叉已經丟出去了，後方兩隻小艇的魚叉手也就預備姿勢，只要阿基亞克的魚叉一刺進鯨魚的身體裡，他們便跟著攻擊同一隻鯨魚，鯨魚的力量很大，所有的魚叉要協力合作。

阿基亞克的魚叉就要到達前方那頭弓頭鯨時，右方海面突然橫向奔出頭上頂著尖角的鯨魚，像個持劍的武士，牠用身體幫弓頭鯨擋住魚叉前，眼神和阿基亞克對上了，在他發愣的當下，後方的魚叉手已盡責的把兩支魚叉拋進獨角鯨堅厚的皮肉裡。

三隻弓頭鯨快速的往左前方竄去，而獨角鯨的血改變了海的顏色。

一頭成年的弓頭鯨至少可以長到二十公尺長，鯨脂厚度直逼五十公分，這意味著捕獲到一頭弓頭鯨，可以提供全部落的族人不少食物，鯨脂煉成的鯨油也是在生活中用途廣泛的原料。

而一頭成年的獨角鯨不過就四、五公尺長，也難怪阿基亞克一時以為牠是弓頭鯨寶寶。獨角鯨的肉其實不如弓頭鯨的肉好吃，但獨角鯨的皮卻有豐富的維他命和膠質，是極地部落居民的傳統高檔美食。更別說牠頂上的長角，自古到今皆被人類視為珍寶，阿基亞克耳聞過一支鯨角在現代化國家的價值超過等重的黃金好幾倍。

獨角鯨最後的眼神一直在阿基亞克的腦海中揮之不去，另一個困擾著他的問題是——為什麼一頭獨角鯨會和弓頭鯨群一起出現？為什麼那隻獨角鯨會替弓頭鯨擋下他的魚叉？

巴多克人相信，鯨魚會選擇獵殺牠的捕鯨人，相信只有心存敬意

而且為人正直的人才有資格被鯨魚選中，這也是阿基亞克雖然年輕，仍然被選為隊長的原因。

今天是他第一次帶領捕鯨隊，而這頭獨角鯨選擇了他。

「捕鯨隊回來了！捕到鯨魚了！」三艘拖著鯨魚的小艇才出現在海天之交，就已經有族人廣播周知，所以當小艇經過卡托島時，阿基亞克看到族人們已經在鯨岸廣場歡呼迎接他們了。

三艘小艇就快駛進廣場前的小碼頭，阿基亞克一面向族人們揮手，一面尋找妻子克里莎的身影，克里莎不在人群裡，阿基亞克有點失落，他一直夢想著把這一刻的榮耀和妻子分享，但旋即升起一股不安。

阿基亞克一個箭步跳上岸，圖卡老大已在眾人面前迎接他，和其他的壯丁們合力把獨角鯨拖上廣場。當族人發現獵獲的是隻獨角鯨時，都掩不住興奮的情緒，高聲討論起上一回獵到獨角鯨的故事。

圖卡老大舉起手要大家安靜，開始在獵獲後對卡托島及這隻獻出生命的鯨魚的感謝吟唱。一個小女孩從部落向著廣場一邊跑來，一邊喘著氣高喊：「阿基亞克隊長！克里莎早產了！你太太生了！」

2 甩不掉的名字：貝坦・凱托斯

「我叫貝坦・凱托斯……」我最討厭每個新老師都要我們自我介紹。

「他叫小肚臍眼兒，哈哈哈！」果然！霍特那個死傢伙又拿我的名字來尋開心。

「同學們安靜！我們要尊重在台上說話的人。」這個新老師叫崔妮，目前仍然是一副從高度發展的外太空降臨到我們這個在地球上早被遺忘的小部落的救世主的樣子，她肯定覺得自己的頭上頂著光環、背上長著一對巨大而雪白的翅膀，她連今天穿的洋裝都是白色的！

「親愛的凱托斯同學，請你繼續。」台下的同學已經笑成團。

「崔妮老師，我叫貝坦．凱托斯．諾頓，凱托斯是我名字的後半部……」

「他叫鯨魚的小肚臍眼兒啦～哈哈哈！」我深深吸一口氣，瞪向霍特，十分認真的用眼神一個字一個字告訴他：「我們走著瞧！」但我不確定他有沒有接收到我的警告，他似乎笑到快尿褲子了。而我恨透了這個名字。

今天是四月十二日，我滿十二歲的日子。

我媽說我早產了三個星期，就在我父親第一次以捕鯨隊長的身分帶領捕鯨隊出海的那天，他捕到一隻獨角鯨，而她無法以隊長夫人的名義將分好的鯨魚肉一一送到每一戶人家。當大家用震天的歡呼迎接捕鯨隊回來時，她正忍受著子宮收縮的痛楚，滿頭大汗的躺在床上，肚子痛到想咬每一個接近她的人。

當我父親接到通知趕回家，我已經在媽媽的胸口很滿足的品嚐著我人生中的第一頓大餐。父親依照族人的習俗，很仔細的端詳著我的長相，想從我的臉上看出像哪一位長輩親人的樣貌，這樣我便可以得到那個長輩的名字來當我的名字。

也許是早產的原因，我皺得像一隻兩百歲的海象，所以父親和母親盯著我看了好久，都無法在我的臉上找到哪一個親人的臉。這時，圖卡老大拿著屬於我家的一份鯨魚肉及那支價值不斐的鯨角進到屋子裡來。

「感謝老天爺！這肯定是卡托和依娃大神在保佑，你看這娃兒雖然是早產，但吸奶的力氣可大的呢！將來一定能成為很棒的獵人。」圖卡老大拿起鯨角在我眼前一邊晃著一邊說著祝福的禱文。

「來！這份是屬於你們家的鯨肉，我特地幫你留了油質最豐富的鯨魚肚，而且你值得擁有這一支鯨角，你是牠選中的獵人。」

我的父親從圖卡老大手中接過鯨肉和鯨角，眼睛盯著手中那份厚實又光滑的魚皮上的小凹槽，然後用發亮的眼神看著我的母親。

「我要叫這個孩子貝坦．凱托斯！」

「貝坦．凱托斯？我們的親人中沒有人叫這個名字呀？」我的母親絕對露出一臉疑惑，我到現在也都還搞不懂。

「貝坦．凱托斯是星星的名字！是位於鯨魚座肚臍部位的那一顆星，視星等是三．七三，它的光芒是黃色的。」

「親愛的，視星等是什麼？不過這名字似乎很好聽。」我的母親想必回報著溫柔而包容的微笑，她一直都是這樣對待我那偶爾有點孩子氣的父親。而我總覺得我並不怎麼瞭解自己的父親，尤其當我發現他常常在夜晚獨自走到鯨岸廣場仰望天空之後。

但！我的名字?!鯨魚座肚臍部位的那一顆星?!天啊～圖卡老大為什麼不把其他部位的鯨肉帶來我家，偏偏帶了個肚臍來呢?!我的肚臍也才剛被紮起來而已呢！

霍特已經笑倒在地上，還不斷的揉著自己的肚臍，崔妮老師正站在他的身旁很嚴肅的說著有關互相尊重和不能取笑別人名字的外星語，霍特一句也沒聽懂。

好吧！也許不去在意他才是真正打倒他的好方法。

「我的家族成員一共有六個半，父親叫阿基亞克，母親叫克里莎，我還有一個妹妹叫米菈。」

「嗯……貝坦‧凱托斯同學，我可以叫你貝坦嗎？你說成員有六個半，那半個是？」

啊哈！沒想到崔妮老師有認真在聽我說話呢！

「崔妮老師，那半個還在我媽媽的肚子裡，今年七月才會出生。」

「親愛的，我相信在你媽媽肚子裡的，無論他是男生還是女生，都應該不會是半個。」

「我又不確定數量，說不定是雙胞胎呢！也不確定生下來之後會不會順利長大，總之還沒被生出來，還不能算是完整的一個人吧！」

哇塞！說不定除了會畫畫，我還有哲學的天分呢！「完整的一個人」這樣的說法真有哲理呀！

部落裡只有一間學校，學生人數維持在二十個人上下，所以只分成兩個班級，低年級是七到九歲，十到十二歲是高年級。而願意到這個窮鄉僻壤教書的老師們，我猜政府一定付給他們很多薪水。

部落裡沒有中學，所以等小學畢業，我們都得離開部落到都市裡上學，大部分的人念完十年級就會回到部落，只有很少數的孩子會繼續留在都市念書。

今年夏天，我就可以離開這群毛頭小子們——尤其是霍特，到都市裡念書了，我希望我可以繼續留在都市，聽說那兒有很棒的美術老師，但似乎全家只有我這麼想。

感謝老天爺，我的妹妹米菈今年八歲，我永遠不需要跟她待在同一個班級裡。上帝對我真的很不公平！為什麼她可以叫米菈，用的是我祖母的名字，只因為長輩們說她長得跟我祖母小時候是一個模一個樣，而我卻只能叫意思是「鯨魚的肚臍」的爛名字。

所以，米菈在家裡根本是公主了，家裡沒有一個大人會對做錯事的米菈大吼大叫，尤其是我的爸爸。當米菈奶奶也在客廳的一角縫著皮衣時，他總不能很失禮的吼著：「米菈！馬上給我從桌子上下來！」

或是：「米菈！不要用手挖鼻屎！不要吃鼻屎！」

如果這些話傳到我奶奶的耳朵裡，成何體統！

因此只會聽到大人們輕聲細語的對米菈說：「親愛的，請妳從桌子上下來好嗎？」

但是對我呢？

「貝坦・凱托斯！我要你立刻、馬上把地上的彩色筆收起來！否則看我踢爛你的屁股！」

我相信名字會左右人的一生，而這個名字我想甩都甩不掉。

再說到那個愛取笑我的霍特，他還小我兩歲呢！也許是因為我早產的關係，體型上差了霍特一大截，我知道為什麼他老愛把我當箭靶的原因。

霍特的爸爸年紀比我的父親大三歲，當年圖卡老大要把隊長的棒子交接給晚輩時，霍特的爸爸也是十分被看好的人選，但是圖卡老大最後決定把隊長的責任交在我的父親手中。

聽我媽說，父親和霍特的爸爸從小就一直是互相競爭的對手，兩個人都立志要當部落中最強的獵人，以至於霍特的爸爸不太能接受隊長不是他的事實，所以在我爸爸接任隊長不久之後，就和霍特的媽媽帶著當時已經出生的兩個哥哥離開部落，到都市裡工作去了。

霍特是在都市出生的，卻因為媽媽忙著工作，沒有餘力再教養一個小小孩，才被送回部落的爺爺奶奶家。

霍特一定很希望像我一樣，和父母親一起住在部落裡，一定覺得一切都是因為我的父親接手隊長的職務，害他不能和父母生活在一起，所以才老是拿我出氣吧！那麼，我就別和他一般見識了。

放學後，我一邊這樣想，一邊走到牆角取我的雪橇，心裡著實覺得自己是個善體人意的兄長，而我完全沒注意到身後出現了個人影。

「哈達～～欣！」和著獨特的出場聲，冷不防一個大手刀劈向我的背，害我差一點把午餐吐了出來。

「喂！哈達欣！我早就知道你的名字了，用不著每一次出現都要自我介紹好嗎？」我回給哈達欣一個超級大白眼。

「你不覺得我每次出場都維持一貫的風格，很有英雄的氣勢嗎？

哈達～～欣！欣！欣！」他露出凶惡的眼神蹲低馬步，左右手刀連續出擊了三次，我真的覺得午餐已迫切的想升上我的喉嚨。

「不過小貝貝，今天這個新老師，叫吹什麼喇叭的……」

「是崔妮老師！小欣欣，小心被老師聽見。」

「喔喔喔！崔～妮老師，她竟然沒有對你額頭上的角表現出一點好奇耶！」

我不禁伸手摸了摸左邊額頭上的「角」，感覺它好像又大了一點。

「其實我有發現崔妮老師盯著我的額頭看了好幾次，不過只要我的眼神對到她，她就會假裝是在看我身後或旁邊的其他同學，我敢打賭，沒多久她就會問起了。」

來這兒教書的老師都待不久，幾乎每年都會換新老師，上一個高年級老師只待了幾個星期。而我遇過的老師們剛開始都很注意說話的禮貌，上課的音量總是十分得體，會很認真的引導我們表達想法，展現出像上帝般大愛的包容，而且不太打探我們的隱私。

不過通常不需要三天，老師們就會開嗓了，來這兒教書肯定是鍛鍊聲帶及增加頸部血管強度的完美選擇。

「喂！你在課堂上怎麼沒有立刻給霍特那小子一拳呀？你不覺得他很故意嗎？」

哈達欣真是我的好麻吉，能夠感應到我在台上的心情。

「我當下真的是很想衝過去給他一拳，不過我覺得應該在新老師面前展現出我十二歲該有的成熟度。」

「少屁了啦！還成熟度咧～你該不會是想依你的個子怎麼可能打

得過霍特吧！」

突然有一股熱度衝上我的臉，導致氣管一陣緊縮，還來不及吞下的口水瞬間被擠壓回鼻腔，引來一陣停不下來的咳嗽。

這個死哈達欣，連在我心裡最微弱的聲音也能聽得見。

「我有跟他打過架的好不好，你別小看我了。」哈達欣其實跟我同年，體格也好我許多，但我們一直到升上高年級才變成無話不談的好朋友，如果我們早一點變成麻吉，說不定那一次打架我就有幫手了，我是說，如果他在場的話。

霍特在很小的時候就被送回部落了，我們兩個卻到他上學後才真的對上頭。在我九歲開學的第一天，發現班上一共有三個新生，而霍特是其中一個，連老師都是新的，真是令人期待的新學期，以及……

按照慣例的自我介紹。

「我的名字是貝坦．凱托斯．諾頓，我的父親是捕鯨隊的隊長阿基亞克。」打從開始上學的自我介紹，我總用這一句話開頭，然後停頓一下，環顧教室裡的新人，尤其是新老師，欣賞從他們臉上表現出來的讚嘆。

我的父親是一個很棒的捕鯨人，從他接手隊長之後，捕鯨隊的收穫一直都很亮眼。他也是一個很棒的獵人，曾經獨自一個人獵殺過一隻公北極熊，全部落都知道這個故事。

但那次有點不同。

當我的視線掃過霍特的臉時，我看到他的眼中燃起一股像憤怒的情緒，我不知道他是誰，反正是個剛入學的小傢伙。

呃……體型比我大一點的小傢伙。

正當我要繼續我的介紹內容時，霍特突然大喊：「我爸爸才應該是捕鯨隊的隊長！」

第一次有人質疑我的父親，至少是我聽到的第一次。我站在台上，內心的驕傲瞬間轉變成火山爆發，回嗆：「你爸爸是哪位呀？部落裡有誰不知道捕鯨隊的隊長叫阿基亞克？」

霍特把桌上的筆盒朝我丟過來，我閃開了，眼角撇見新來的男老師慌張的臉，張著嘴巴微微抖著，一手伸向我一手伸向霍特，似乎要叫我們安靜下來，卻又無所適從的在胸前停格，如同一隻變成標本的北極熊。

我忘記到底是誰先撲向誰了，但教室裡其他同學叫好的聲音，到現在都還能在我的耳邊出現。

喔！聽說開學前哈達欣拉了三天的肚子，所以他的奶奶跟學校請了兩天假，可惜他沒看到我和霍特相互廝殺的大場面。

依我的個子還敢跟霍特這個大塊頭單挑，可說是勇氣可嘉，也許是我根本想都沒想後果將會是如何，當時我只是個九歲的孩子，理智被腎上腺素綁架是生活的日常，說不定也是成年人類的日常。

我左眼上方的額頭撞上了某人的桌角，皮下爆裂的微血管們十分稱職的跟家人稟報我今天的英勇事蹟，當然臉頰的淤青和嘴角的腫脹也搶著說明了不少。

「天啊！貝坦．凱托斯！你在學校跟人打架嗎？」我媽的眼睛睜到三倍大，我猜不出她是想罵人還是覺得我很厲害，因為依我嬌小的體格以及頂著我父親的光環，從來也沒在部落裡跟誰過不去。

「唔喔～這小子開竅了，終於像個男孩子了。」我爸邊修理雪橇犬們的韁繩，邊瞄向我，一副很讚賞的口氣。

真是難得呀！或許我應該每天打架，這樣可以每天都聽到這樣的口吻。

「天啊！你看你的額頭，怎麼腫這麼大的一個包？誰打的？不會腦震盪吧?!」母親對父親搖搖頭，專注於我左額頭上的小山丘。

其實在八歲的夏天，我就發現我左額頭上好像有一塊硬硬的突起，一直以為是被蚊子咬到，極區的蚊子體型大到嚇死人，根本是名符其實的極地吸血鬼。但很神奇的，這個突起不痛也不癢，卻經過了夏天又翻過冬天，還一直存在我的額頭上，而且感覺比剛注意到它的存在時又大了些，我的母親到現在才發現。

「是霍特！他在我自我介紹時打斷我，說他爸才應該是捕鯨隊長。」我花不到三秒就決定把這個不知怎麼出現的小山丘和這天打架的帳一筆算在霍特頭上，現在我額頭的小山應該腫到有卡托島那麼高了。

「霍特？是桑多家的霍特嗎？」母親望向父親，而父親抬頭愣了一下，眼神有點複雜，但旋即低下頭繼續忙他的韁繩，只悠悠的丟下一句：「哪個男孩子沒打過架？用雪敷一敷就沒事了。」

突然有一陣酸味和熱度竄上我的鼻頭和眼角，我趕緊屏住呼吸，眨眨眼，把快要潰堤的淚水趕了回去。

用雪敷一敷就沒事了……

哪個男孩不打架……

我調整呼吸轉身準備去寫作業，有股委屈被壓在胸口，我覺得胸腔似乎也腫起來了。而額頭上的山丘一直到微血管們自體修復完畢，皮膚回歸正常的顏色後，仍然不斷的、緩慢的在成長著。

醫生說那叫「顱骨纖維異常增生」，可以用外科手術將它磨掉，但說不定等到我青春期以後就會停止發展，或者自行痊癒，只要不壓迫到我的視神經，應該是不用太擔心。

手術費用太高了，所以我的家人選擇了——不用太擔心。

大家開始叫我「長角的小貝貝」、「獨角貝坦」……之類的，但我一點也不在意，這些稱呼都比「鯨魚的肚臍」好聽多了，聽起來像我擁有某種超能力。

「我就搭你的便車回家囉～」哈達欣話還沒說完，就很自動的翻上我的雪橇，我都還沒把雪橇推過學校門口前的上坡呢！

經過學校的階梯時，廣海緹亞剛好背著書包開門走出來，我倒抽一口氣，想穩住在我心頭亂撞的小鹿。

「嗨！緹亞，需要我幫妳運送書包嗎？」我抿著嘴，把右邊的嘴角往上提，似笑非笑，這個表情應該挺酷的。

「不用了，謝謝你！我們兩家的方向不同。」緹亞笑起來真好看。

「對了！我覺得霍特很幼稚，而你就比他成熟多了。」話一說完，緹亞便朝我的反方向走掉了。

「小貝貝你好成熟喔～～」哈達欣裝出嬌嗲的聲音，還嘟起嘴來，這擺明了討打。

我狠狠的向他的肩膀揍上一拳，才繼續把雪橇推上坡頂。在雪橇順著小坡往下溜時，我一躍翻上雪橇，乘著風，我知道我的嘴角上揚，就快搆到彎成月亮的眼角。

廣海緹亞的這句話，是我收到最棒的生日禮物。

3 逞強：赫魯斯坦

陽光射進海裡的角度變了，就連光的強度和顏色也一起改變了。我抬起頭，盯著上方浮冰的裂縫瞧。這塊浮冰並不是太厚，陽光把其他的顏色都留在海的上頭，只讓一種帶著寧靜的、像會哼出搖籃曲的藍色穿過這層浮冰，映到我的眼底。

科俄斯說過，太陽有七種顏色，他是我們這群獨角鯨中，最有智慧的長者，他說的話，應該蘊藏著不容質疑的正確性吧！

「當七種顏色一起呈現在同一個點上的時候，你看到的會是白色。但當沒有一個顏色被呈現出來的時候，你看到的就是黑色了。」

那時，科俄斯頂著幾乎全白的皮膚，對著我們這群剛斷奶的黑色小鯨們這麼說明著。我聽著，心裡更疑惑了，難不成他的意思是，他的身上有七個完整卻重疊的顏色，而我們是一種顏色都沒有？

今年，我身上的白色斑點比去年多了些，而科俄斯的皮膚比去年更白了。我望著浮冰透出的藍，思考著我的身上同時擁有七種顏色的區域，以及同時一個顏色也沒有的區域，這樣的組合有什麼特別的意義？

想像著如果七種顏色平均分布在我的全身——就像彩虹一樣，我會不會變成一隻特別的鯨魚？

我可以感覺肺臟中的肺泡們已經乾扁扁的了，但我想再多撐一會兒。二十分鐘，是一般獨角鯨的潛水時間限度。也許我可以當一頭打破獨角鯨潛水時間紀錄的鯨魚。

我想當一頭別人會羨慕、會希望他們也能和我一樣特別的鯨。

肺泡們再度發出缺氧的訊號，覆蓋在氣孔上的肌肉已經快要把最後一絲堅持緊閉的力量用盡，而我的頭開始發昏，視線也漸漸起霧。突然一陣刺痛從我的尾鰭傳來，驚醒我因為欠缺氧氣而停頓的腦袋。

不管後方是什麼，我直覺的奮力往上方浮冰的裂縫游去，一衝上水面，氣孔上的肌肉便把僅存的最後力氣一放，肺泡們熱烈歡迎著海面上新鮮的空氣。

在我大口喘著氣的同時，回頭想弄清楚剛剛的刺痛是怎麼一回事，卻聽到一陣此起彼落的訕笑。

「哈哈哈！赫魯斯坦，你在發什麼呆呀？不會呆到連呼吸都忘了吧！」阿努克帶頭開始言語攻擊。

「赫魯斯坦，你的角今年長出來沒呀？」那奇緊接著直戳我的痛處。

雖然說我們名為「獨角鯨」這個物種，但實話說來，這支長角也只是一支長在嘴巴之外又往前延伸的牙齒，而且不是每一隻獨角鯨都會有這樣的一支長牙，尤其是大部分的雌鯨，以及……極少數的雄鯨，而有部分的鯨還會同時擁有兩支長牙，就像科俄斯長老一樣。

「只是一支露在嘴巴外的長牙」這種說法，我承認是過分避重就輕了。

通常在雄鯨二到三歲左右，長在我們上顎唯二的牙齒左邊的那顆，就會開始突出嘴脣往外發展，那個時期的雄鯨們總會不時抱怨著長牙的不適，但在抱怨之中其實夾雜著更多對成長的興奮。

只要牙齒一露出嘴脣，人類便把它稱作「角」，我們也樂於接受這樣的說法，當一顆已不具備咀嚼功能的牙齒到底還能不能被稱為「牙齒」，這是一個足以讓不同見解的兩方辯論到天荒地老的問題。

那麼，當一頭已大致確認不可能具備長角的獨角雄鯨，還能不能被稱為「獨角鯨」這個物種呢？我突然覺得剛剛想利用創造新的閉氣紀錄來抬升自我存在價值的想法，實在無聊至極。

那群有著不算太長的角的年輕雄鯨們還在笑著，我和他們的年紀其實差不多，但我的牙齒長度還留在嘴脣裡，十二年來都沒什麼明顯的進展。

「大家注意！殺人鯨來了！在西南方！」科俄斯向大家發出警告，那群年輕雄鯨立即收起他們嘲弄的表情，往深水處潛去。而我的腦海還盪著他們剛剛的笑聲，有個想法浮現在我的腦中，阻擋著我繼續往下潛去。

當體型大約是我三倍大的黑白相間物種，頂著他高聳的背鰭出現在我眼前五十公尺處時，我的全身肌肉緊縮，完全不聽我腦部發號的指令，我的大腦對肌肉們說：「留下來！去對抗他！去證明就算沒有長角，我還是一頭英勇的獨角鯨！」但我的肌肉們卻轉向和敵人相反的方向，全速下潛。

我覺得我好孬種……

那頭殺人鯨肯定已經鎖定我當成這一頓美食的目標，望眼四下，有哪頭鯨魚像我一樣蠢，還留在原地而不逃命去的？

我一邊對自己的臨陣退縮感到有點惱怒，一邊張望著看有哪個海中冰層的細縫可以藏身。我感覺到心臟跳動的巨大震度，充斥著我全部的聽覺。除了心跳聲，我聽不見殺人鯨逼進的水流聲、聽不見他張開大顎時骨頭關節摩擦的聲音，我甚至聽不見我腦子裡迴盪的任何想法，我只能放任身體的每一寸肌肉，用最原始的求生基因帶領著我往生死裡去，我的腦像是被拋到超現實的時空般抽離。

直到眼前出現一道冰脊的裂縫，我的視覺和肌肉才又重新開通了連結，全速朝救命的方向飛奔。

裂縫的黑影向我逼進，四周的聲音也霎時震醒了我的聽覺，把我喚回攸關性命的現實處境。我一側身，鑽進黑洞，卻也同時清楚的聽見殺人鯨再度張開他的大顎時骨頭調整角度的摩擦力道，以及我的右尾鰭後方筋肉被撕裂的聲響。

一陣痛楚從尾鰭貫通全身，直接切斷肌肉的力量傳導，我失速撞上裂縫的盡頭，先彈向冰洞的左側，再回彈到右側，冰牆上銳利的冰刃絲毫不客氣的在我的皮膚上刻劃記錄著我被拋彈的路徑。

一股腥味來襲，是血的味道。

冰縫裡狹窄的空間把我圈住，也把我的血圈住。剛剛急速的逃

命，肌肉耗掉不少的氧氣，我的肺泡又開始發出訊號，但這回不是我特意逞強，我真的得和敵人競賽，看誰的閉氣可以撐比較久。

殺人鯨在洞口徘徊，還不時的往我這兒凶狠的望著。

曾經，我也羨慕過殺人鯨擁有一副氣勢十足、直挺挺的三角背鰭，而現在我應該感謝我平整的背脊和嬌小的身型，可以順利的藏身在這麼有限的空間。

我想試著朝冰縫的深處躲去，說不定會有另一個出口可以帶我遠離這隻流著口水的怪物，才發現，這個冰縫並不深，前方已經沒有再多的空間讓我往深處躲，幾乎是得緊貼著盡頭，才能確保我的尾鰭也處在安全的冰洞中。

鮮血不斷從尾鰭滲出來，洞裡的血腥味越來越濃，洞外飢腸轆轆的大傢伙越發躁動，連我都感受得到他十分想一股腦兒把這個洞衝撞開來。

到底是過了多久呢？終於殺人鯨把他的頭大力一甩，直直朝海面游去。而我還得繼續閉氣，以確保他不會再回頭。我的頭好昏，尾巴和身體兩側好痛，說不定我會就這麼缺氧缺血的死掉了，果真如此的話，那剛剛所經歷的一切不就都白廢了嗎？

但我竟連覺得不甘心的力氣也沒有了……

「赫魯斯坦！你還好嗎？」

是科俄斯的聲音！會是我的幻覺嗎？

「赫魯斯坦！殺人鯨走掉了，你還活著嗎？」

這次我確定不是幻覺，我動動僵硬的尾鰭，疼痛像電流一樣直接衝擊我的心臟，這就叫做痛不欲生吧！

洞內連轉身的空間都不夠，我只好緩慢的往後退出冰洞，一出洞口，我也直直的往海面衝去。肌肉的運動拉扯著傷口，卻阻擋不了肺臟對氧氣的需求，也許應該說，阻擋不了生物本能對生存的熱切需求。

生命真是很難明白的作用機制。

天空還是很藍，太陽在天上的高度也沒改變多少，和逃命前一樣急促的奔到海面呼吸，我卻有種恍若隔世的錯覺。剛剛我為什麼要那麼急著上來換氣？啊～是因為阿努克他們在我挑戰憋氣時偷偷戳我的尾鰭。

在肺泡充滿氧氣後，我恢復清醒，科俄斯和其他獨角鯨們圍在我的四周，七嘴八舌。

「赫魯斯坦，看來你的尾鰭傷得不輕。」

我循著科俄斯的話望向尾鰭，啊～我右邊的尾鰭後方缺了一個大三角，鮮血還緩緩的流著。

「剛剛發布警告的時候，你為什麼不趕快逃走？」對於自己母親的質問，我卻連眼神都不敢跟她對上。

我怎麼能說，原本我是打算和殺人鯨決一死戰？

更不能說，要不是因為妳把我生成一隻沒有長角的獨角雄鯨，我怎麼會有這麼愚蠢而不自量力的念頭？

對！就是因為妳！害我被其他同年紀的雄鯨嘲笑！

有一股怒氣升上胸口，而我找到可以發洩的出口。我轉向母親，決定把身體的、心理的所有痛楚，化成一陣風暴，掃向對我投著疼惜和責備的媽媽。

「赫魯斯坦，你命真大，這麼短的洞你也躲得進去？」那奇突然從我和母親中間的水面冒出他的長角和他的頭，硬生生把我胸口的暴風給削弱不少，真是會攪局的傢伙！

「真的！我們剛剛進去探測了一下，根本沒有空間容納全身呀？」阿努克和剛剛嘲弄我的其他雄鯨一一浮上水面。

「啊～是因為赫魯斯坦沒有角啦！」

「對啦！對啦！難怪我頭一進去，怎麼躲屁股都在洞外。」

「阿努克，殺人鯨肯定很愛你的屁股喔！」阿努克一聽，立刻用他的長角狠狠戳向那奇的側腹，引發起一場年輕雄鯨們的打鬧大戰。

我發現胸口的暴風半徑在他們的一言一語中，慢慢縮小、縮小、縮小。

我開始想念冰層在水底像會哼出搖籃曲的藍色，我用頭輕輕的從母親的下腹滑過，告訴她：「不要擔心，我會很快就好起來的。」

這是第一次，我由衷感謝那支沒長出來的角。

4 想出走的心：貝坦．凱托斯

崔妮老師在黑板上畫了個十分粗略的世界地圖，然後在右邊的兩個三角形組合起來的大陸地最上方的邊邊，用紅色的粉筆標示出巴多克的位置。

然後老師在地圖的中央畫了一條橫線，標示著「赤道」。線畫得有一點往右上傾，這是習慣用右手的人在畫長線條時常發生的事，雖然不是什麼大問題，但我看了卻覺得礙眼，所以我決定低頭加深一下我畫在課本左下角的崔妮老師嘴角上的法令紋。

我猜崔妮老師的年紀應該是三十五歲到四十歲之間，哈達欣說他想找一天潛進教師辦公室偷看崔妮老師的個人檔案，我打從心裡支持他的行動計畫，但就算知道老師的實際年齡，也不會影響我畫在課本上老師皺紋的深淺，畫筆掌握在我的手上，讓我有類似造物主的優越感。

眼角也有兩條半的笑紋了喔！

我得意的再多加幾筆在眼角，並且改變筆畫方向，輕輕的用鉛筆側刷上暗面。我喜歡有明暗立體而且很真實的畫，當然在藝術課時我看過畢卡索的名畫，都是把人和東西切割得東一塊西一塊，再組裝起來，大概和我妹妹米菈在學習縫紉時的作品差不多。

不過我也聽說畢卡索在年輕時是很厲害的寫實畫家，也就是說，說不定在我長大之後的某一天，我可能會厭煩畫寫實的風格，而突然發展出另一種揚名後世的畫風。

我是指如果我可以不理會父母的期盼而當個畫家的話。

身為一個父親是捕鯨隊隊長的小男孩會和別人有什麼不同呢？首先，全部落的人都會對我十分禮遇，除了霍特那傢伙例外。再來，全部落的人都會等著看我變成一個超越父親的強大男人，但我相信依我目前的體格，應該已經讓他們大失所望了，從我父親的眼神中可以看出這一點，而每每在吃飯時，我的父親一定會說：「多吃一點！你需要再長三倍的肌肉，不然怎麼下海捕鯨、上山打獵？」

我的老天，我並不想當個獵人呀！

崔妮老師在赤道的上下方再各多畫上一條橫線，這區標示著「熱帶」，上寫著「平均氣溫攝氏二十五～二十八度」，這真是個無法想像的室外溫度。當然在室內大家都開著暖氣，所以即便是生活在極地，我們還是可以在室內穿著短袖輕鬆的活動，但室外的最高溫也要等到七月才有可能來到攝氏七度，而且一到晚上就又回到零度左右了。

崔妮老師拿出一張大圖卡貼在赤道這條上傾的橫線中間的陸地上，圖上是一個戴著三角錐型植物編製的草帽、手上捧著一大籃五顏六色水果的女人。那女人的膚色和我們部落裡的人差不多，都不像崔妮老師是那種白皙的皮膚。

我忍不住直直望著這個和我有相近膚色的女人，她的眼皮也和我們一樣沒有很深的摺紋，眼窩一樣不太深，鼻子也一樣不是太挺，嘴脣一樣不會太薄。我像是被什麼擊中，愣在這個女人的笑容裡，眼睛被困在她四周充滿色彩的背景中。我的心裡閃過一堆疑問，十分強烈的疑問——

我們是同一個人種嗎？

為什麼她們是生活在這麼多自然色彩的地方，而我們是住在這個要嘛一片白茫茫，要嘛白色褪去之後一片黃不黃、綠不綠的地區？

她們也都要學會當個獵人嗎？

是不是我也能離開巴多克，到那樣的地方生活？

如果我離開了巴多克，是不是就可以不用當個獵人？

如果可以不當獵人，我要當一個畫家！

或許我可以趁到都市念中學的時候，偷偷離開極地，跑到熱帶去，但依這樣的距離看來，等於要渡過四分之一個地球，說不定日本會是一個距離比較近的選擇。

日本人也和我們的長相差不多，如果生活在日本，應該不會在人種上覺得格格不入。廣海緹亞的父親是個日本人，說不定她可以提供給我去日本的路徑！

去日本，帶著廣海緹亞。

我忍不住開始在腦海中編織著浪跡天涯的美夢，但父親嚴峻的大臉冷不防出現在我的腦海中，重重的開口說出：「你是阿基亞克的兒子，你應該要成為一個頂尖的獵人！全部落的人都在看著！」握緊緹亞的手向前飛奔的浪漫畫面瞬間消失。

去他的頂尖獵人！哼！

我望向窗外，正好看見卡托島吐出一縷白煙，十分符合我現在惱怒的情緒，所以我決定在崔妮老師的頭頂畫上正在噴發的卡托島，反正崔妮老師正巧在大聲斥責把腳放在桌上，還用手去摳腳的哈達欣。

我看過其他火山噴發的圖片，卡托島和那些圖片比起來，實在是溫和太多了，而目前在我體內的岩漿容量看來不是卡托島可以承載的，所以我把噴發的高度從崔妮老師的頭頂，一路畫到課本上方的邊緣，並且把噴出的氣體畫得像投在廣島那枚原子彈的蕈狀雲。

卡托島是個充滿部落傳奇色彩的神祕島，就在巴多克的西南外海十公里處。其實也不過就是個南北長三點一公里，東西寬一點六公里，至高點離海平面三百九十八公尺的小島，小島的北方距離島身不遠的海面上還突起一塊往左右叉開的巨石。

卡托島是一座少見的極地火山，火山口就是島上的至高點，位在島的南端向北大約三分之一的位置，而且它的噴發並不像在圖片中看到的其他火山，會流出火紅的岩漿和噴出大量的火山灰，反而比較像是在噴氣。這就是以地理學上來說，卡托島的檔案，和放在教師辦公室的崔妮老師個人檔案一樣，沒什麼特別能引起興趣的陳述。

但部落居民一直以卡托島在四月份的第一次噴發當作開啟捕鯨季的訊號，雖然說卡托島並非是無時無刻不在噴發的火山，很神奇的，每年四月到六月似乎是它的活躍期，正好是居民捕鯨的季節。

而且每一次出海，一定要先祭拜過島上的卡托和依娃大神，當然就別提在六月捕鯨季節結束後的鯨魚祭，是全部落一年一度的重大祭典，也是小孩們最期待的節慶。

為什麼我們會這麼崇敬卡托島呢？這和我們部落的起源有關。每個族人在很小的時候，就聽過這個故事——

很久以前，宇宙之神在巴多克創造了第一個人類，是個叫依娃的女孩。女孩獨自一人和宇宙之神創造的其他生物生活在巴多克這個區域，過得也十分自在。當她坐在岸邊的岩石上望向大海的時候，她烏黑的長髮便隨著風飄揚，像是一面召喚著誰的旗幟。

有一天，一隻叫卡托的弓頭鯨被這面烏黑又閃亮的旗幟吸引住視線，忍不住往岸邊女孩的方向游去。當卡托和依娃的眼神對上時，他愛上了這個美麗的女孩。此後的每一天，卡托都會到岸邊和依娃對望，一直到依娃也愛上他。

但在寒冷的冰層底下，還有一隻一百二十公尺長的巨大水母也覬覦著依娃的美麗。大水母趁著有一回依娃想走入海裡等待卡托的到來時，伸出長長的觸手一把圈住依娃就要往冰冷的海水裡拖去，依娃發狂似的大叫，果然招來卡托前來搶救自己心愛的女孩。

卡托用他厚實的顱骨直接衝撞大水母的身體，依娃便趁水母觸手一鬆的當下游上卡托的背。當然大水母絕不會就此罷休，他伸出全部的觸手螫進卡托的體內，狠狠的把毒液送入卡托的皮下。

而卡托在全身僵硬前努力撐起依娃，他的身體一直變大，大到水母長長的觸手也無法觸及到伏在他背上的依娃，然後化成岩島，至此把依娃保護在島上。

所以卡托島的形狀就像一頭浮在海面上的弓頭鯨，而在它北方叉開的巨石就像是鯨魚的尾鰭。說巧不巧的，火山口就大約對應著弓頭鯨氣孔的位置，而噴發的方式，還真和鯨魚的噴氣類似。

傳說裡的依娃就這麼在島上住下，而原本只是岩石的小島，很快的在下一個夏季來臨時長出各種植物，燕鷗、海雀以及野兔等等的小生物也開始在島上出現。當然夏季一結束，島上就變回一片白色的世界，就像極區的其他地方一樣。

幾年後的某一天，有一批年幼的人類出現在卡托島的海岸邊，由一群弓頭鯨載回巴多克。這一批人開始在巴多克定居生活，就是我們部落的祖先。所以巴多克的居民相信我們是第一個人類和鯨魚的後代，我們從小就被教導要心懷尊敬的去捕獵鯨魚，而且相信依娃到現在還在卡托島上生活著。

長老們總繪聲繪影的說，曾有人看見火山口附近有烏黑閃亮的長髮飄逸，而且偶爾會從卡托島飄來用古文吟唱的模糊歌聲，是一種聽了會覺得心靈很平靜的歌聲，就像母親在唱搖籃曲。

以現代科學來說，這真是個荒謬的傳說。

首先，從生物學上來看，人和鯨魚怎麼可能會繁衍後代？

再來，第一個遠古時代的人類怎麼可能到現在還活著？

對於第二個問題，其實只要實地訪察一下，也就可以破除這個無聊的神話，但神奇的是，再也沒有人可以踏上卡托島一步。

呃……應該說沒辦法深入到島的深處。

從以前到現在，部落裡都嚴格禁止村民到卡托島去，說是依娃對那一批離開卡托島的孩子們特別的囑咐，而部落長老們也就不敢違背這個自古流傳下來的禁令。

當然，並不是所有巴多克人都那麼沒好奇心，不想一探島內的祕密。

聽說在一百多年前，也就是我的曾曾祖父母的年代，曾有一群部落的年輕人漠視這道禁令，偷偷的渡到卡托島上去，結果只有一個叫皮諾的年輕人回來。

皮諾回到部落時已經呈現過度驚嚇而精神失常的狀況，全身不斷顫抖，兩眼空洞，直嚷著：「他們都被島吃掉了！只剩下白骨！」

族人好不容易從他片片斷斷的話語中拼湊出可能的情況，大概就是他們一行五個人浩浩蕩蕩的上了卡托島的海岸，準備往島的深處走去。

走在最前面的年輕人發現一隻野兔，馬上拋出長矛射中野兔，大伙兒興奮得一起往倒地不起的獵物跑去，而原本走在最後的皮諾才剛要邁開步伐，卻不巧的被一顆石頭拐了腳，踉蹌了一下，便沒跟上。

沒想到他重新站穩時，四個同伴大喊：「快拉我們一把！我們動不了了！」

他才要跑向前，其中一個同伴又喊：「不要過來！快逃命！」

然後皮諾就眼睜睜的看著那四個同伴在他的面前，先是全身的肌肉像被什麼吸走一樣，漸漸萎縮，沒幾分鐘，那四個人就變成四具包著皮的骷髏。

皮諾根本嚇破了膽，連滾帶爬的回到他們一起划去的小艇，再回到部落後就是大家看到的那副模樣。過了幾天，皮諾就死了。

至此，部落裡再也沒有居民敢上卡托島一步。

幾年後，不信邪的外國探險家不知打哪兒聽來的消息，竟然來了一群人要勇闖卡托島，這回活著回來的，也只有三個人。

因此，部落長老們更確信自古的傳說是不容質疑的，依娃的叮嚀是不可被挑戰的，對於卡托島的崇敬更屹立不搖了。

我卻對這樣屬於自己部落的古老神話和傳說一點歸屬感都沒有。

現在可是文明的二十一世紀耶！雖然說在學校的課堂上，我大部分時間都沒在聽老師們講課的內容，老師的畫像倒是布滿了我的課本上所有印刷的空白處，但我至少對於「物種進化」還是有概念的。

我的祖先是一條鯨魚？那我們捕鯨、吃鯨魚肉不就是手足相殘了嗎？搞什麼嘛～

我在火山噴出的蕈狀雲下再用鉛筆的筆側加深一下暗面，因為暗面的增加，而使得這雲看起來更厚實了，像這樣的對應才是符合實際邏輯的因果嘛！真搞不懂部落裡的長輩們的想法。

「我的皺紋有這麼多嗎？」

崔妮老師的聲音突然從我的後方傳來。我反射性的倒抽一口氣、挺起我的背，準備承受接下來可能的責難。

崔妮老師白皙的大爪像老鷹撲向獵物一樣十分迅速的一把抓起我的課本，我左手上的鉛筆被揚起的課本掃到，脫離我的掌握，全教室突然靜默一片，鉛筆掉到地上的聲音像原子彈爆炸一樣響亮。

我的頭不覺的垂了下來，但實在很想從崔妮老師的表情中讀出一點我的生死期。低著頭眼睛又往上看，肯定讓我更像是個已經認錯的小孩。

課本的空白處不能畫畫嗎？我只是在善用地球資源……

霍特那傢伙一定在內心暗自竊笑，說不定等等就會笑出聲來。

天啊！緹亞會不會覺得我在課堂上只顧著畫畫，沒認真上課是不成熟的行為？

崔妮老師怎麼不趕快宣判我的刑罰？這樣凝結的時間實在很折磨人。

大概過了一個世紀那麼久，崔妮老師放下我的課本，丟下一句：「把筆撿起來。」就走回講台上了。

我瞥見霍特睜大眼睛，兩手一攤的往後仰，一副「就這樣？老師怎麼沒有把你用木樁釘死在黑板上」的表情。

我彎下腰摸索著滾到椅子底下的鉛筆時，崔妮老師站回講台，再度拿起粉筆，筆尖停在「副熱帶」的字上，頭也不回的丟下一句：「貝坦．凱托斯同學，等等的午休時間請到教師辦公室找我。」

該來的總是逃不掉。

霍特那傢伙邪惡的笑著。
「帶著你的課本。」崔妮老師又補了一槍。

5 父親的擁抱：赫魯斯坦

四月，是成年獨角鯨追求伴侶、繁衍下一代的高峰期，每一頭雄鯨無不努力頂著他們引以為傲的長角，在雌鯨群之間來回穿梭。

在心儀的雌鯨面前，當雄鯨對到另一頭雄鯨，免不了一陣肅殺的眼神交戰，我眼前就有兩頭為了一位美女而對槓上的男子漢。

「看看你，角有長得比我壯、比我長嗎？」

「拜託～你也不量一量自己角的長度，有哪個姑娘會看上你這一小截枯枝呀！」

「你來呀！你來跟我比呀！只會空口說大話，敢不敢跟我單挑？」

「是誰膽子小，放了半天話還沒見出招的呀？」

兩位平常日子都還能一起悠游、一起覓食的族群伙伴，在這個時節也都顧不得舊日情分，大腦完全被賀爾蒙操弄，而那位美人兒則樂得在一旁觀戰。

我實在搞不懂這些雌鯨們，為什麼老愛用角的粗細長短去評斷一頭雄鯨是不是有資格當她們孩子的爹？難道都這麼的以貌取「鯨」嗎？怎麼不往對方的內心裡看去，內涵和氣度不才是構成生存價值的重要元素嗎？

兩頭雄鯨終於開始交「角」了。

其實也沒真的要比出個誰死誰活，就是頂著各自的長角，在海面上互相摩纏僵持著，與其說是場男子漢們為了後代繁衍機會的拚命大賽，還不如說是在雌鯨面前展現自己雄性魅力的秀場表演，沒有哪方會真的用尖角去刺傷對方，就如中古時代的人類在比劍術一樣，總是點到為止。

而這樣的秀場在我四周的各個角落都分批上演著。無論哪一個性別，四月天裡，大家都很忙。

這兒沒我的事，這樣的角逐競賽不是我的場子。有哪頭雌鯨會看上沒有長角的我呢？

我游離戰場區一段距離，開始往下潛，海水的藍漸漸加深。看色彩的變化真的是件很有趣的事情，如同科俄斯說的，世界上的色彩來自於陽光，越深的海裡，陽光越進不來。如果潛得慢一點，我總是仔細的去看我眼前的顏色，想在其中分離出漂流著的光因子，想弄明白陽光到底是怎麼和海水混合的，陽光和海水是兩種不同的物質，為什麼可以融合得如此天衣無縫？

我知道鮮紅色的血流進海水裡，顏色是如何變化的。幾天以前，我才看著自己的鮮血從尾鰭的三角傷口緩緩流出來，雖然不是馬上，但帶著我的體溫的鮮紅色在海的藍色裡漂盪一會兒，也就漸漸淡去。

當然傷口已經不再流血了，但每一次拍打尾鰭，總伴隨著每一次的撕裂痛，提醒著我當天的愚蠢和幸運。大夥都要我好好靜養，反正他們也沒空理我。

潛到一個適當的深度，我轉身向上，垂直的往海面上游去，然後在破出水面的當下，張開一對和身體比例相較起來略顯小的胸鰭，再趁著還沒下沉的空檔，環顧海面的四方景色。

遠方冰山上有一隻北極熊。

我在下沉時轉動我的身體，這樣便可以掃瞄三百六十度的全景，然後放鬆的把身體交給地心引力，讓地球伸出的無形大手，把我慢慢的拉回海裡去。

然後再次下潛、上浮。

啊！那隻北極熊的後頭還跟著兩隻小熊呢！熊媽媽頻頻回頭盯著小熊們，確定她的寶貝們都跟上了。

然後再一次。

啊！啊！啊！有一隻小熊滑到半山坡了。熊媽媽慌張的來回跺步。

再一次。

呼~還好小熊終於回到媽媽的身邊。兩隻小熊開心的彈跳著腳步，連我都能感受到熊媽媽放心的微笑。

我想起受傷那天，母親擔憂的眼神和口氣。我已經十二歲了，已經到了可以延續後代的年紀，而且學會了如何判別海流的方向、海水鹽度和溫度的變化、陽光的角度與季節的對應等等的技能，應該是要能脫離母親獨立了，但我仍然在心裡的某個角落藏著對母親的依戀，甚至有點忌妒還沒斷奶的弟弟。

獨角鯨是群聚型的動物，尤其到了夏季，甚至會組成數百頭一起活動的大群體。但到了冬天，這麼一大群的鯨魚就會被海面上的冰層給分散開來，雖然如此，大夥還是保持著聯繫，就等著隔開彼此的冰層再度被夏季的熱情融化。

很少會有獨角鯨離開自己所屬的群體而單獨生活，就算在大群體裡會依性別或年齡層而分成不少小群體，每個家族成員仍然可以在海中輕易的相遇，互相交換著關愛的訊息。

但我從來沒有見過我的父親。

他不是因為死於凶惡殺人鯨的大顎，或是遭受飢餓的北極熊獵殺。聽我的母親說，父親在我快要出生的前幾週，沒留下任何理由，就這麼離我們而去。

科俄斯長老也許知道些什麼，但他一點訊息也沒透露給我的母親。而我的新弟弟每天都能看到他的父親，這更增添了我忌妒他的理由。

雖然以前也常常纏著母親問有關我父親的事，但她總是藉由其他話題轉移我的焦點。我漸漸學會不在母親面前提到父親，但心裡的疑惑卻日益增加。不知道為什麼的，今天特別想探尋有關於父親的任何故事，也許科俄斯會願意透露一點。

我望著最後一次浮窺後產生的漩渦，轉身脫離地心引力的大手，一邊尋找著科俄斯的身影，一邊思索著該如何開口。

科俄斯緩緩從海的深處浮現。

「科俄斯長老！」我趕緊游向前去。

「喔～赫魯斯坦呀！你的傷口現在情況如何了呀？」

「呃～看來還行，已經沒那麼痛了。」我反射性的回頭看了一下尾鰭的三角缺口，而且像是要佐證一般的上下擺一擺我的尾鰭。

「好好休養吧！這個季節，所有年輕鯨魚們都在忙著找尋自己心目中的公主和王子呢！」科俄斯的聲音有著濃濃歲月的厚度，含著關愛的溫柔，卻直接扎進我的痛處。

「我想也是，應該沒有哪位姑娘會看上我這頭沒長角的雄鯨。」

我藏不住聲音裡的哀怨。

「哈哈哈！自古以來，多少都會出現沒有角的雄鯨的，而長了角的雌鯨也是偶爾可見的呀！都是自然的安排，不用太在意。」真是豁達呀！被取笑的又不是長老你，你還有兩支長角呢！

「但這樣一來，我便無法執行宇宙指派給獨角雄鯨的工作呀！」除了求偶，長角對這宇宙的運行還是有特定的功能，這牽扯到我這個生命體存在於世上的意義和價值。

「這會是遺傳嗎？我的父親也是頭沒有角的雄鯨嗎？」我靈光一閃，這個疑問不就剛好可以接上我真正想問的問題嗎？

「你的父親是頭有角的鯨魚，你沒有長角肯定是宇宙對你有別的用途。」我聽得出科俄斯想把焦點放在「宇宙的安排」上，但我決定緊咬著我的問題不放。

「科俄斯，為什麼我的母親都不肯跟我談論我的父親？父親這個角色不是影響著雄鯨的成長嗎？我知道族群裡有很多值得我好好學習效法的對象，但我對自己的父親一點也不瞭解，尤其在最近，這個疑惑卡在我的心裡，我完全無法靜下心來。我的父親到底為什麼離開？」

連珠炮似的問題，我自己說完都覺得氧氣快耗盡了。

想必科俄斯也察覺到這一點，他緩緩的往海面游去，我緊跟在後，不想錯失這次挖掘真相的機會。

天空開始帶著黃橙橙的色彩，那家北極熊母子已經不知走向何方。科俄斯噴完氣，把氣孔留在海面上，似乎短時間不打算再潛入海裡了，我照著做，等著他的回答。

「赫魯斯坦，你的個性跟你父親真是同一個模樣呀！」看來科俄斯終於肯正面回答我的問題。

「可以多說一些有關我父親的故事嗎？」

「嗯……大部分的鯨魚對於自己與生俱來的功能都沒什麼質疑的就接受了，但你的父親例外。他的問題很多呀！整天纏著我問。」

聽到這兒，我的心底暖暖的，想像著一頭年幼的雄鯨整天跟在科俄斯屁股後頭不斷提問的畫面，這是第一次在我的心裡出現一個鮮明的、可以對應上父親過往模樣的畫面。

「他喜歡在海上浮窺，但太常這樣做其實很容易暴露自己的位置，讓人類或是北極熊發現。」

啊……我剛剛不就在做同樣的事嗎？

「而且浮窺時也無法同時顧及到海裡的情況，因此被殺人鯨盯上幾次，還好都順利無傷的脫險了，你這回可是傷得很嚴重的哪！」

我有一股衝動想把那天我的想法跟科俄斯全盤托出，但這肯定會打斷有關我父親的話題，所以我緊閉著脣，把一大串想衝口而出的話關在裡面。

「你的父親曾經跟我提過，他想要多瞭解這個世界，想要知道宇宙指派給其他物種的工作到底是怎麼進行的。世界上的物種實在太多，再加上我們生存條件的局限，他說他想從其他的鯨類開始探索起，我認為這是他離開的原因。但你的母親以為是她的關係，你的父親這麼不告而別，真的傷了你母親的心，她不願意跟你提起你的父親，也是情有可原的呀！」

「你可以跟我的母親解釋呀！」

「親愛的孩子，我也只是藉由你父親曾經跟我的談話，去推測出他可能離開的原因，他並沒有來跟我告別呀！」

「那有誰曾帶回他的任何消息嗎？」我有個正在環遊世界的父親，或許我可以去找他呢！

「很遺憾的，孩子，你的父親早已經被人類獵殺，據說他是為了幫一頭和他同游的弓頭鯨擋下魚叉。」

好不容易在我腦子裡成形的父親模樣瞬間被一支魚叉劃破，碎裂四散，我的心被碎片擊中，痛得我說不出任何話語，我感受到一種比尾鰭被殺人鯨咬到時還巨烈的疼痛。

「赫魯斯坦，我知道這對你來說是個很難接受的消息，但你的父親一定是覺得那一位獵人有資格讓他把寶貴的生命交在他的手上，自古以來我們一向會為自己選擇有資格的獵人。」

什麼叫會為自己選擇獵人？那些配帶著先進武器的捕鯨船在射出威力強大的魚叉時，有先問過被殺害的鯨魚們任何意見嗎？每當我聽到長輩們提出獵人選擇的論點時，總覺得不以為然。

有哪條鯨魚不想好好活著？

啊！我不才自不量力的想和殺人鯨單挑呢！的確擺明了不想活。

「嗯！我知道了！科俄斯，謝謝你告訴我關於我父親的故事，我會把父親放在我的心中。」雖然目前我的心像被炸出一個大洞，空著，但對長者該有的禮貌我還是記得的。

天已經全黑了，星星們正熱鬧著，科俄斯邊嚷：「晚餐時間到囉！」邊往深海裡的捕食區前進。我完全沒有食慾，十分需要一個地方寧靜一下自己的心緒，所以決定再游離鯨群到更遠的一段距離，想像著父親離開那天他的心情。

到底游了多遠呢？前方出現一個島嶼，不遠處是人類的村落，燈火明明暗暗，像是落在地上的星星。我再一次下潛、上浮，每一次浮出水面望向天空，星星們都好像在問我話。

父親也喜歡這樣和星星對話嗎？科俄斯說他也喜歡浮窺。

開始覺得浮窺這個動作是和父親唯一的連結，我不斷的重複著，一次一次，竟能感受到父親對我的慈愛。

村落前的空地來了一個人類，這麼晚了他應該不是要出海。這區域有一些四散的人類村落，都是已經在這兒生活幾千百年的住民，他們對鯨魚抱持著尊敬，但也以鯨魚為食物來源，人口數並不多，所以捕殺的鯨魚數量遠不及先進的捕鯨船。

那一個人類果然沒有下海的打算，他站在空地上仰望著天空，就像我現在一樣。其實當人類也挺好的，要抬頭看天空不需要像我那麼大費周章的上下著，我興起偷偷觀察他的念頭，靜靜緩緩的往村落的岸邊游去。

這人類應該是雄性的，他的表情帶著剛毅，不時的舉起手在空中指指畫畫著。今天月光皎潔，映在他的眼中和笑容中，像他整個人都發著光。

雖然說長角的鯨魚也不過就是獨角鯨這個物種，我還是很好奇沒有長角的人類，雌性是用什麼條件去選擇匹配的雄性，但眼前的這位雄性人類卻有一種吸引著我的特質，我不知道是什麼，心裡突然響起科俄斯說的：「鯨魚會為自己選擇獵人。」霎時，我似乎有一點懂了。

有一個小一點的人類從村落往岸邊跑來，停在雄性人類的身邊說著什麼，雄性人類像是不情願般的，眼神還留在天上，只側著耳朵聽，接著小一點的人類也學大人類抬頭往上看，但一副興味索然的樣子。

月光照在小人類頭上，他的左上額有一塊奇怪的陰影，不像大人類的額頭那麼平滑，頭髮和大人類一樣是短短的，所以應該也是雄性吧。

小人類有點不耐煩，又跟大人類說了些話，大人類終於低下頭，用手搭著小人類的肩，往村落走回去。

他們是一對父子吧！我盯著他們直到看不見蹤影，才游回島嶼旁的海域，繼續想像父親給我的擁抱。

6 青春戰事：貝坦・凱托斯

站在崔妮老師的辦公室前，我拿著課本先清清喉嚨。今天不知道怎麼搞的，早上一起來聲音就啞啞的，喉嚨卻不會感到疼痛，總之是一個很詭異的啞聲，像是聲道破了一個洞。

我敲敲門，十分小聲的，心裡期望著崔妮老師剛好離開辦公室。

「請進。」是崔妮老師的聲音，我完蛋了。

「崔妮老師，我很抱歉……」不管如何，先道歉總是可以緩和對方快噴發的岩漿。

「貝坦・凱托斯，你為了什麼道歉？」奇怪的是，崔妮老師的口氣沒有一絲火藥味。

「我想也許您很介意我把您的皺紋畫得太深了。」我脫口而出，自以為幽默可以化解更多的責罰，但才說完就後悔了。

崔妮老師睜大眼睛倒吸一口氣，把頭微微撇向後斜著眼看我，連嘴角都斜一邊，就像她在黑板上畫的那條赤道。

「你好像對你自己的畫很有自信?!」崔妮老師的這句話是疑問句還是肯定句呀？

「我不確定這是不是自信，我挺喜歡畫畫的，但我的家人覺得我把太多時間花在畫畫上了。」不知道老師到底在玩什麼把戲，所以我決定照實回答。

「唔～貝坦，你這個暑假就要進城念中學了，有決定要繼續念上去，還是和其他人一樣唸念中學就回來呢？」

「當然是念完中學就回部落呀！我父親要我當個獵人呢！但我一

點也不想回到部落。」天啊！我怎麼會把心底話告訴老師呢？如果她去跟我的父親告密，我以後的日子可就不好過了。

崔妮老師不說話，她靜靜的翻著我的課本，每翻一頁，我的心就揪一下。今天畫的這頁之前是崔妮老師變成巫婆的造型，再前面是她被一群雪橇犬追的狼狽樣，再更前面是緹亞望著窗外的畫像，老師看到這頁時還抬頭看了我一眼，吹了聲口哨。這樣的靜默比直接的轟炸還要可怕十萬倍，我的背脊不斷的冒著冷汗。

「崔妮老師，我保證以後不會在課本上亂畫了。」我覺得再任由老師翻閱下去，我會死得更難看，趕緊用雙手擋住老師眼前的課本。

「你是應該在課堂上好好聽課！」老師的口氣加重了。

「但這不是我叫你來的主要用意。」啥？還有別件事？

「是這樣的，貝坦，我有一個好朋友在城裡的沃克漢中學教書，而那間學校有美術的專門班，你考不考慮去念美術專班呢？我可以幫你申請看看。」

意思是老師並不打算痛罵我一頓，然後為了告訴我的父母我上課有多不認真而親自登門拜訪？不對！老師剛剛提的是美術專班。我的頭腦好亂，有兩個思緒在裡面打結，一時找不到可以回答的字眼。

「貝坦？你有聽到我說的嗎？」

「老師，您說的是……美術專班？」終於我的嘴巴吐出一個句子。

「是！他們有很多美術專門的老師，可以教授你更豐富的美術技巧和知識。」

「我不知道我父親會不會答應。」父親的大臉又出現在我的腦海。

「這個週末，你可以先回去向家人提看看嗎？他們甚至有提供獎學金，如果他們覺得你值得的話。」

「我會提看看……」我自己都不太有把握我是不是敢跟家人提到這件事。

「貝坦，你的聲音怪怪的，你感冒了嗎？」老師的問題讓我回到現實。

「應該不是，我沒有感到任何的不舒服，謝謝崔妮老師。」

「喔！那或許是你已經開始變聲了。」

我離開崔妮老師的辦公室時，哈達欣不知道已經在那兒等多久了，他一見到我竟先倒退一步，然後往辦公室四周環顧一圈，確定沒有誰出現，再用手扶著我。

「小貝貝，你……你還好吧？」

我覺得好虛脫，完全不想回話。

「小貝貝，你的臉色好難看，吹喇叭對你做了什麼？我怎麼沒聽到她破口大罵的聲音？」

我無力的轉身，給他一個白眼。

「小貝貝……」

「停！」我忍不住了。

「你感冒了嗎？你的聲音怎麼破了？」

真是夠了！我舉起雙手想掐住哈達欣的脖子，但又無奈的放下，我想快步甩開他。

「小貝貝！」

「可以讓我靜一下嗎？不要一直纏著我！我不是感冒！」我搞不

清楚哪兒來的一把火，直接噴向哈達欣。他怎麼會懂，我得去跟我的捕鯨隊隊長父親提說老師要幫我申請美術專門班？殺了我還比較乾淨俐落。

內心受創的哈達欣果然不再跟著我，我回頭望見他的表情，心裡有一絲歉意。

對不起！哈達欣，你是我的好哥兒們，我不該對你大吼的，但我相信等等的課堂結束後，你就又會回復成原來的嘻皮笑臉了。

下午的課，我完全沒有聽進一句老師教授的內容，也沒有在課本上畫下任何新的東西，我的腦海不斷的在想該怎麼跟我的父親提起，怎麼想都找不到最好的切入點。卡托大神怎麼不在這時顯個靈呀？我望向窗外的卡托島，正好對上緹亞往後看的視線。

對了！今天我還有一件重要的事得做。先不管美術專班吧！我對緹亞輕輕的笑了一下，不知道她有沒有注意到。

放學後，我刻意避開哈達欣，先把雪橇拖到廣海緹亞回家路線上的一個轉角等著。

「咦？貝坦．凱托斯，你今天怎麼走這裡？」緹亞和她的好姊妹一行三人併肩過了轉角，差一點被我的雪橇拌倒。

「呃……緹亞，是這樣的，我有一件事想請妳提供一點專業的建議。」我微微抬頭對上她的眼睛，真希望我可以長得比緹亞高一點，最好也可以消掉左額上的「角」，說不定搭訕起來會更帥氣，我父親可算是部落裡公認的美男子呢！理論上我應該也不會太差才是。

兩個女同學用手肘頂了頂緹亞，曖昧的笑著。

「我哪有什麼專業可以給你建議呀？」緹亞臉上好像泛起一點紅暈，回推了朋友，順勢就想繼續往前走。

「緹亞！妳是不是會講日文？」我慌了，趕緊大喊，果然留住了緹亞的腳步。

「不是很流利啦！不過你到底要做什麼呢？」緹亞轉過身來，一臉狐疑，兩位女同學很識相的走掉了，還頻頻回頭看著我們交頭接耳。趕快走吧～姑娘們！這兒沒妳們的事。

「嗯……是這樣的，我家的一隻母狗生了一窩小狗，我爸說我可以從這窩小狗中挑一隻當我的領頭雪橇犬，每個好獵人都會和他的領頭犬培養出一份默契。」才說完，我就不由自主的倒抽一口氣。

獵人。

美術專班。

我的另一場還沒面對的戰事。

「很好呀！那跟我會日文有什麼關係？」

「我不想要用巴多克語發音的名字，所以想請妳幫我的狗取一個有很好的意含的日本名。」名字的意義是很要重要的呀！我可不想像我爸，給我取了一個讓人沮喪的名字。

「喔！好呀！不過我一時沒有什麼想法耶。」

「妳要不要來我家看看我選中的那隻雪橇犬？牠實在是太特別了，妳一定可以一眼就猜得出牠是哪一隻。」我使出全身的熱情，希望緹亞可以感受到。

緹亞想了一下，聳聳肩，答應了。

「貝坦．凱托斯，你今天的聲音聽起來怪怪的耶！」

天啊！我好想念今天以前那個沒有破洞的聲音。

緹亞的爸爸叫廣海健一，開了間我們這個小部落裡唯一的雜貨店。聽大人們提過廣海先生的故鄉是日本以前的首都，卻到現在的日本首都附近的一個縣加入捕鯨公司，獵捕了不少鯨魚。

而關於他來到我們部落定居，則有好幾個版本的說法。有人傳說是廣海先生公司的捕鯨船發生一樁海上喋血案，廣海先生為求保命，自己划著救生艇幸運的被其他部落出海的人救起，然後輾轉到了巴多克。

也有人傳說是在一次出海捕鯨途中，有護鯨的環保人士特意干擾他們的捕鯨作業，而廣海先生被環保人士的說詞感動，便決定離開捕鯨公司，尋找一個和鯨魚有深厚文化關連的部落來哀悼他殺過的鯨魚們。

廣海先生從沒親口證實哪一個版本才是真的，卻選在巴多克娶妻生女，定居下來。日本人真的是一個既勤奮又有生意頭腦的民族，每年夏季，廣海先生總大老遠跑到一年只有一班飛機抵達的機場，領取他預訂的各國貨物，當然包括了不少來自日本的產品。

巴多克人在這塊小區域已經生活好幾千百年了，我們有獨立於世界的生存方式，沒有人會想那麼大費周章的從世界各地購買什麼，但如果有人肯攬下這個麻煩的活兒，提供給大夥有趣的貨物，族人們都很樂意接受，尤其當夏季快來臨時，廣海商店會舉辦一年一度的出清特賣，盛況有如另一場年度祭典。

廣海先生也很樂意在他進城補貨時，幫我媽多帶幾本她喜歡看的書和雜誌，連我父親也偶爾請他幫忙挑選望遠鏡之類的工具。雖然廣海先生是個外國人，但族人們都喜歡他，而我喜歡他的女兒。

剛出生的阿拉斯加犬就像一坨坨的毛線球，緹亞望著這六坨毛球，眼神好溫柔，她指著一隻幾乎全黑的小狗問：「你說最特別的一隻，是指牠嗎？」

「看吧！我就說妳一眼就猜得出來。」我得意的呢！

「因為全部就牠的毛色最黑呀！真的是雪橇犬中難得一見的毛色。」

我輕輕捧起小黑狗，交到緹亞手中，她的眼神更柔軟了。

「妳覺得牠叫什麼名字好呢？」我特意靠她近一點，想像是在為我們的孩子取名字。

「看牠的臉，就一副很有福氣的樣子，你是牠的主人，也會分到牠的福氣，不如就叫牠らいふく（Ra I Fu Ku）吧！」

我點頭如搗蒜，雖然不知道那是什麼意思，但我的心被緹亞講日文的甜美聲音給溶化了。

緹亞突然笑了起來說：「在日本有一種叫『笑門來福』的招財貓擺飾，我家雜貨店的櫃台也放了一隻，意思是『常常掛著笑臉的人，福氣就會跟著來』，這隻小狗應該不介意用貓的名字吧！」

我也跟著笑著：「我想牠不會介意的！這真是個好名字，我和牠還有幫牠取名字的妳，都會很有福氣。妳說日文要怎麼念來著？」

「來以福酷！感覺很酷吧！」

來以福酷！來以福酷！我在心中默默把讀音記住，小聲的對著小黑狗說：「你叫來以福酷喔！

你有一個很棒的日本名，你是一隻很特別的阿拉斯加犬，你會領著我離開這裡，我們一起勇闖世界！」

7 海中的大腦：赫魯斯坦

極北方的四月天裡，太陽開始不下山。從這兒望去，北端盡頭的天空帶著黃橙橙的色彩，一直漸層到我頂上的星空，那樣華麗的橙黃總讓我有彼方是天堂的想像。

突然空中飄來一陣綠色的光雲，光雲再聚成光幕在空中擺盪，這是雄性獨角鯨們執行宇宙指派的工作的時刻，我無意也無法參與其中，我是隻沒有角的雄鯨。

當我還是稚嫩的小鯨，對於每回極光垂盪天空時，成年雄鯨必將長角伸出海面像是朝拜的行為感到好奇，我問母親：「雄鯨們的靈魂

被光雲吸走了嗎？」他們一個個都像是著了魔似的靜止著。

「這是身為雄性獨角鯨最特別的時刻。」母親輕聲的說。

「哪兒很特別呢？」我還是不太懂，我並不想要靈魂被吸走。

「親愛的赫魯斯坦，你知道為什麼雄性獨角鯨要有這樣一支長角嗎？」

「我當然知道呀！只要我有一支很長很壯的角，就會有像你一樣漂亮的女孩兒願意當我的老婆，為我生下小寶寶。」我覺得這是很重要的事，但母親卻笑歪了腰。

「我們其實是人類的腦。」

「人類沒有頭嗎？？」我睜大眼睛驚訝著。到目前為止，我還沒見過一個人類，但海裡的魚蝦和陸地上的北極熊以及海豹們，都有頭呀！

母親笑得更厲害了。

「人類當然有頭，而且頭骨裡也有一個腦，只是他們頭骨裡的空間無法容納太大的腦，而宇宙指派了比較複雜的工作給人類去執行，所以需要另外的腦來提供人類源源不絕的新創意和想法，而這就是和人類同樣是用肺呼吸、同樣身為哺乳動物的鯨豚們的工作。」

「因為我們有比較大的頭的關係嗎？」

「當然囉～宇宙需要有很大很大的腦來運算著很多很多的創意，那麼就會需要很龐大的身軀來容納以及維持腦部機能的運作，這也是我們為什麼生活在海裡的原因。你很難想像頂著一千多公斤的體重在陸地上移動，會是多麼吃力的一件事，更別說藍鯨是地球上最大的生物，平均體重有十五萬公斤呢！藍鯨如果一到陸地上，馬上就會被自己壓死了。」

「可是……這跟我們的長角有什麼關係呢？」

「我們的長角是一個訊號發射器呀！可以匯集所有鯨豚大腦製造出來的創意，等大氣中出現比較多帶電粒子時，也就是極光出現的時候，向空中把創意的訊號發射出去。」

「不過很多母鯨都沒有長角，那母鯨們也會發射創意嗎？」

「沒有長角的母鯨就和其他鯨魚一樣，是創意的生產工廠，但長角的雄鯨則只負責匯整和發送，創意是一個資料量很龐大的工作，大家都要分工合作。」

「所以妳的腦現在正在生產創意嗎？妳會知道妳的創意長怎樣嗎？」我盯著母親的頭上猛看，猜想也許會有一個創意從母親的頭上冒出來，但仔細回想，我並不曾看到什麼東西從任何的鯨魚頭上冒出來過。

「其實大部分的鯨魚不會知道自己生產的創意是長什麼樣的內

容，創意是像能量的形式，被產生後先在大海裡遊走，然後會有一部分的鯨魚，不是特定的品種，是分散在各鯨群裡的少數特殊成員，他們的腦會整合這些能量形式，再轉換成更明確的樣子。」

「可是人類會捕獵我們！為什麼我們還要幫他們做事？」

「親愛的，並不是所有的人類都吃鯨魚，以前的人類很尊敬鯨魚的，我們也不是單純的幫人類做事，我們的工作就是宇宙運行中的一環。而生命的存續會有生理的需求，所以我們也吃別的生物，只要維持著平衡，地球就是一個自給自足的天堂，宇宙是這樣設計著地球上的所有生物的，只是……」

「只是什麼呢？」我想到殺人鯨也吃鯨魚，還是無法理解這樣的設計有什麼好的。

「只是人類似乎已經不在意這個平衡了，他們忘了自己也是生物群體中的一份子，應該要與其他生物一起維護地球的永續。」

當我知道長角的用途之後，我開始覺得雄鯨們向極光齊發創意訊號的畫面好偉大，原來我們是一個擁有這麼重要功能的物種，我不禁因為自己是頭獨角雄鯨而得意了起來。

現在，我十二歲了，身體的結構和器官都算成熟了，就唯獨從小殷殷盼著的那支長角，怎麼都不見蹤影，我的腦子也沒有任何創意能量被發展出來的跡象。

我是一頭腦袋空空的鯨魚嗎？

如果不能發射創意能量，也不能製造創意，那我還有資格當一頭鯨魚嗎？

我常常望著極光，在心底吶喊著，但宇宙並沒有給我任何回答。

8 待破的成規：貝坦・凱托斯

星期六早餐時間，絕對不是提出美術專班的時機，我沒蠢到要毀了這個美好的週末。

「小貝貝！你可以出來嗎？」

一大早就聽到哈達欣嚷嚷的聲音，看來他對我昨天的大吼已經釋懷了。

「爸、媽，我和哈達欣出去囉！」媽媽在廚房教妹妹米菈怎麼用瓦斯爐，米菈奶奶和爺爺舒服的靠著沙發看電視，爸爸似乎到閣樓去忙了，我向空氣交代了一聲，就衝出家門。

「小貝貝，你的聲音好一點沒？」哈達欣的口氣和以往一樣。

「我開始變聲了啦！」

「變聲？喔～轉大人了嗎？」哈達欣的手刀往我的褲襠比劃比劃。

「喂！這是正常的成長過程好不好，難道你要一直用那種幼稚的男孩音嗎？」這是達心之論，我其實比較喜歡我原本的聲音。

「小欣欣，今天我們要搞些什麼？這麼早就把我叫出來？」我們兩個常在週末鬼混，但通常都是哈達欣計劃所有行程，我只要出人力就行，不用動腦的感覺真輕鬆。

哈達欣一臉神祕，一路上不肯透露行程，只顧著問我昨天發生的事，但我也一個字兒都沒吐。兩個人瞎扯著便走到鯨岸碼頭，有一艘木筏已經在碼頭等著。

「耶～我們今天要出海呀？」真是的！這有什麼好不能講的，部落裡的小孩，哪一個沒出過海去玩耍的。

「噓！」哈達欣左看右看，確定一下四周沒人，我懷疑這樣的動作會不會是他的習慣，怎麼老有種不是幹正經事的味道。

「我們今天要去勇闖卡托島！」哈達欣小小聲的說。

「你瘋了嗎？那島會吃人的！就算活著回來，被大人知道肯定會被打死的！」我跟著壓低音量，心裡開始慌。哈達欣的膽子一向都比我大，但從來沒想到他會把卡托島列入他的探險名單。

「現在是什麼時代了，還相信島會吃人這種天方夜譚？你回想一下，從我們出生到現在，好啦！從我們祖父母那一代以來，有看到哪個人被卡托島吃掉的嗎？」

「可是我爺奶有聽說過呀！」

「那是幾百年前的事了，我們的爺爺奶奶是親眼看見那個活著回來的人嗎？那時他們都還在吃奶呢！拜託～連廣海先生的故事版本都有那麼多種，你還不相信人類編故事的能力呀？我們要現代化一點好不好，凡事講求證據，你看有哪一個點可以證明卡托島會吃人？如果真的會吃人，國家地理頻道早就來做專題節目了。」

「但是……部落裡就這樣規定呀！」

「什麼是規定？等著被打破的事就叫規定！你沒看世界上那麼多成功的偉人，不都是勇於挑戰成規的嗎？」

「如果真的有危險怎麼辦？」

「我們之前做的哪一件事沒有潛藏著危險？如果事實是島上有寶藏怎麼辦？你怎麼不想這個故事是埋寶藏的人瞎掰出來的呢？」

「但這牽扯到我們部落的起源……」

「達文西的進化論你聽過吧！鯨魚和第一個人類生出來的部落？誰相信呀？更別提說什麼第一個人類還活在那個島上的，見鬼了吧！」

沒想到哈達欣跟我有同樣的質疑，但是……

「那個……提出物種進化的是叫達爾文，達文西是個藝術家。」

「達爾文？達文西？達達達……隨便啦！總之我們應該要有現代化科學的思維。」

看來就算我有十張嘴也說不過哈達欣，只能被他牽著鼻子走，但我們講好這回只先探一探卡托島的沿岸，誰知道島裡有沒有猛獸呀！

我們兩個就這麼出發了。十多公里的海上航程，比在陸地上行進要辛苦得多，沒想到哈達欣連這點都考慮得十分周到，他帶了兩人份的午餐，要不然還沒到達卡托島，我們兩個應該就餓昏在木筏上了。

好不容易繞過島的前端，已經接近中午時分，我們總算把巴多克拋在視線之外。在探測海岸之前，要先補充好能量，如果真的遇到什麼狀況，要跑也比較跑得動。

我們把木筏停在離卡托島不太遠的海面上，一邊吃午餐，一邊順便觀察著島內的動靜。就在我看到脖子有點酸，把頭轉向大海時，看見海上出現一道小小的噴氣。

「哈達欣！你看！」雖然我們生長在鯨魚的國度，但每一回看到鯨魚，心中還是會不由自主的出現一股悸動，鯨魚真的是很美的一種生物，就算長輩沒教導我們要尊敬鯨魚，我相信每一個人在看到鯨魚的當下，心裡也會自然而然的升起崇敬之情。

一隻有著白色斑點、沒有背鰭的黑色鯨魚輕輕浮起背脊，旋而沒入海面，再浮起，我注意到牠右邊的尾鰭有一個三角形的缺口。

「是一頭獨角鯨。」哈達欣睜大眼睛，但嘴巴還塞滿食物，十分含糊的說著。

「對呀！不過牠沒有長角，應該是頭母鯨吧！」

「但獨角鯨不都是一群一群的嗎？」

「說不定牠和鯨群失散了，或是牠想一個人靜一靜呀！」我想起掛在我家客廳那支長角的主人，聽父親說，牠也是隻離開鯨群的獨角鯨。

那頭母鯨在木筏附近轉了幾圈，就潛入海底，我們把頭轉回到卡托島的方向。

「小貝貝！你看！岸邊有雪兔！」

循著哈達欣的手指望去，我看見一個長耳朵的尖端各有一小塊深色的可愛小傢伙。

「有生物！表示島不會吃人嘛！不然為什麼會有兔子在島上生活著。」哈達欣的下巴抬得老高，得意的呢！

我們小心翼翼的把木筏固定在岸邊，先沿著海岸尋找剛才看見的雪兔，如果真有什麼危險，動物的第六感應該比人類強得多。很幸運的，雪兔正往島內悠閒的跳去，我和哈達欣各拿著一支船槳當武器，手牽著手慢慢的跟在兔子的後方。不得不承認，卡托島的傳說已種在我們的心中，就算理智上不以為然，但內心還是著著實實的對它懷著恐懼。

突然兔子停止前進，立起前腳愣了一下，旋即轉身往我們的方向衝來，我們一見狀，立刻跟著兔子往岸邊跑，兔子接近海岸前就折往另一個方向，而我們兩個直接衝回木筏，開始拚了命的划離卡托島。

「剛剛發生了什麼事？是有什麼東西出來嗎？」哈達欣喘著大氣。

「我不太確定……」我怎麼大口吸氣都還是覺得氧氣不足。等氣平順下來，我們已經繞過卡托島的前端，巴多克又近在眼前了。

「我好像看到兔子前方的植物怪怪的。」我仔細回想了剛剛映在腦海中的畫面。

「怎麼樣的怪法？我什麼也沒看到呀！」哈達欣斜仰著頭努力回想。

「我不確定是不是看錯了，但似乎前面有一區原本隨風搖擺的植物突然豎得直挺挺的……」現在才四月，雪還沒完全消融，而卡托島本來就沒有高大的植物，原本軟軟的植物突然變成直挺挺的，真的是件很詭異的事。

「果然卡托島上是有問題的，我們還是回去吧！」我對還盯著卡托島依依不捨的哈達欣說。

「啊～可惡！好不甘心呀！」哈達欣舉起船槳大喊。

「至少我們沒被島吃掉呀！」我心裡小小的擔心著，不知道哈達欣哪天會不會獨自一個人去探卡托島。

「小欣欣，你可以答應我不會自己一個人去島上嗎？」

哈達欣沒回答。

「小欣欣？」我心裡的不安加重了。

「好好好！我答應你，我不會自己一個人去島上，但等我長大以後一定要組一個探險隊，去把卡托島的祕密找出來！」

好樣的！哈達欣！我就是欣賞你不輕易放棄的個性。

「你可以考慮去國家地理頻道工作。」我提出衷心的建議，哈達欣聽了笑著給我的左肩一拳。

我是該好好學習哈達欣對事物的執著，我暗暗決定，也不輕易放棄自己喜歡畫畫這件事。

下定決心和開始執行是兩碼子事，所以我一直拖到星期日吃完午餐，才跟父親提到美術專班，而且特意選在爺爺奶奶都在的時候，如果我爸想要把我丟出窗外，至少他們還能阻止。

沒想到父親在聽我轉述完崔妮老師對我說的話後，好一陣子都沒出聲，我等到手心冒汗，忍不住再強調一次：「老師說也許我可以申請獎學金。」

「你應該要成為一個獵人。」終於父親給了一個回應。

「但是我喜歡畫畫。」我的聲音微弱到只有蟲子才聽得見吧！

「你是巴多克人，應該要學會捕鯨、學會打獵、學會不需要那些自稱文明科技的高傲外族的施捨，也能在這個地區生存下去。」

「難道我們現在屋子裡都有暖氣、每年領取政府給我們的部落發展福利政策費用，這就不是他們給我們的施捨？」我真是跟老天借了膽，但有股力量推著我把心裡的話通通送出嘴巴。

「每一個族人都要為保留我們自己的生活文化盡一份心力。」父親的聲音裡怎麼有種撕裂著什麼的味道。

「可是你看住隔壁的札克大叔光領福利金，每天都喝得醉醺醺，他就有盡力在保存巴多克的文化了？」我一邊說，眼淚一邊不自覺的流下來，我怎麼會在這個節骨眼上哭咧？真是不中用！

我看著爺爺奶奶和媽媽，竟然沒有一個人站出來幫我講話，尤其是爺爺的表情好複雜，他來回看著我和父親的交談，一副想阻止我們的爭吵，又不知道怎麼出聲的好的樣子。

一直以來父親對我的期望，老壓得我喘不過氣，我突然覺得昨天如果被卡托島吃掉，說不定對我來說反而是件痛快的事。哈達欣不知道把木筏拖回家沒？我再也待不住家裡，我開了門，往碼頭衝去，身後響起父親吼了一句：「隨他去！」

我的眼淚像馬鈴薯那麼大，一顆顆的從眼瞼裡掉出來。

連「馬鈴薯」都是外族人的東西，什麼保留族人的生活文化嘛！

哼！

9 聽見彼此

木筏果然還拴在碼頭，太陽離海平面還有一段距離。

貝坦．凱托斯一路狂奔到木筏邊，沒等喘息平順些，就解開纜繩跳上木筏，發了狠勁的往卡托島的方向划去。

教室黑板上那張色彩鮮豔的熱帶女人圖片突然映入他的腦中。

「看我一路划到熱帶去！遠遠的離開你們這群還活在侏羅紀的古人類！」

貝坦．凱托斯每划一下，就嘟噥一句，像是話語裡富含著力量，由口中傳導到手臂的肌肉，小筏前進的速度竟比和哈達欣合力划槳時還要飛快。

越過了卡托島的南端，貝坦．凱托斯繼續往南使著力，淚水已經被風吹乾，現在從身體裡滲出來的是豆大的汗珠。汗水沿著眉毛滴落，和著船槳撩起的水花，溜進他的嘴裡。

淚是鹹的，汗水也是鹹的。

海水是鹹的，血也是鹹的。

他想起身上流著巴多克人的血統，一陣無力感襲來，打鬆了僵硬的肌肉，忍不住向天空大喊：「難道我不能選擇自己的人生嗎？搞什麼嘛！」

「噗～」是鯨魚的噴氣。

他發現僅距咫尺的前方有一副缺了口的尾鰭起了又落。

「是昨天的那頭母鯨！」再度認出同一隻鯨魚的興奮把他原本的憤恨情緒暫時推到一邊，貝坦．凱托斯不自覺的喊出聲來。

鯨魚倏的轉身，露出頭斜眼看著貝坦・凱托斯，旋即又沒入海中。

「剛剛那隻鯨魚是在瞪我嗎？」第一次和獨角鯨這麼近距離的相遇，鯨魚的眼神似乎不太溫柔。

赫魯斯坦認出在船上的男孩，是前幾晚在人類的村莊岸邊和他父親一起離開的那一位，他記得男孩的左額上似乎有一塊東西突起的陰影。昨天他也看到這個男孩和另外一位一起划著這艘小船，在陽光下，他清楚的看到男孩左額上是一個看似硬質錐狀物的突起，應該是骨頭吧！

昨天男孩已經衝著赫魯斯坦說他是一頭母鯨，連人類都這麼直接打擊到他的痛處，讓赫魯斯坦又自艾自憐了一個晚上。冤家路窄的今天又給碰上了，男孩似乎也認出他來，這回赫魯斯坦可不想再讓人類這麼自以為是下去，他用眼神表現他的不滿，他覺得應該要跟男孩說個清楚。

貝坦・凱托斯還沒從詫異中回過神，鯨魚又露出頭，這回確定鯨魚的眼神真的不帶友善。

「我不是頭母鯨！」

「怎麼回事？我聽到一頭鯨魚在跟我說話?!」貝坦・凱托斯慌了，以為是自己的想像，但仔細想想，他並不是真的從耳朵「聽見」鯨魚在說話，這個句子就這麼的飄進他的腦子裡，意思被他的腦給解讀了出來。

鯨魚沒有打算游走的樣子，木筏的速度也消失了，規律的在海面上晃盪著，貝坦．凱托斯舉起船槳，以防鯨魚突然對小筏發動攻擊，就連大型的捕鯨船都曾被抹香鯨攻擊而沉沒過呢！這頭獨角鯨的身長和木筏差不多，還好牠沒有長角，而且，至少貝坦．凱托斯手上有可以當成武器的工具。

「我叫赫魯斯坦，我是頭雄鯨。」赫魯斯坦覺得基於禮貌，還是先自我介紹了一下。

「呃……你是真的在跟我講話嗎？」貝坦．凱托斯不自覺的環顧四周，確定周圍的海面上只有他和鯨魚兩種生物。

其實赫魯斯坦也挺訝異的，他只是試著想辯解一下自己的性別，沒想到男孩竟然接收得到他的意思，但認真想想，赫魯斯坦竟能聽懂男孩說他是母鯨的人話，也是件很不可思議的事。也許「溝通」就是宇宙賜予萬物的神奇恩典，意念可以轉化成不同的語言形式，頻率對上了，彼此就懂了。

「噗～」赫魯斯坦回應了一個噴氣。

「我……那個……你好！」雖然父親曾告訴過貝坦．凱托斯，獵物能讀到獵人的心思，但他從沒跟動物溝通過，以至於說起話來結結巴巴。話說完，他才發現，他其實沒用上嘴巴，他是在心底回應了那個飄進內心的聲音。

「我叫貝坦．凱托斯，是我爸幫我取的名字，我覺得遜透了。」貝坦．凱托斯豁出去了，不管是不是真的在跟鯨魚溝通，還是一切都只是他的自我對話，有個聲音可以回應他的內心，感覺其實挺好的，不如就把在家裡不能講的話通通都在這兒倒出來吧！

「我覺得『貝坦．凱托斯』的發音很好聽呀！」赫魯斯坦被男孩的回答吸引了，不由得放下原本想辯解的敵對情緒。在鯨群裡，赫魯斯坦並沒有要好的朋友，年輕雄鯨們看不起沒有角的他，除了偶爾拿他來開玩笑之外，對他並不太搭理。母親早已把心思放在新生兒身上，而他也孤獨習慣了，倒是科俄斯長老三不五時的會對他表現出日常的關心。

「我覺得『赫魯斯坦』比較好聽，有中古世紀戰士的味道，就是那種騎著駿馬，穿著鎧甲，在戰場上揮著又重又長的寶劍，把敵人都殺個精光的那種戰士。」貝坦．凱托斯覺得自己的想像力好像被打開了一樣，很輕易的就能在腦子裡搜尋到可以用來表達的元素。

「我沒有又重又長的寶劍……」赫魯斯坦的言語帶著落寞。

「啊！對不起！我不是故意拿你沒有角這件事來說嘴，我只是……我知道有一些雄的獨角鯨也是沒有角的，只是一般人都常常忽略這一點，希望你不要太介意。」對於新朋友的情緒，貝坦．凱托斯想小心翼翼的守護著。

「我習慣了啦！連生活在同樣是獨角鯨的群體中，都會因為沒有角而被同類取笑了，何況你是一個人類呢？」

「這也太過分了吧！同類應該要互相同理呀！啊……別說了，我的名字在學校也會被一位同學拿來當笑柄。」貝坦．凱托斯想起霍特，他心中的一根刺。

「這麼好聽的名字，哪兒好笑呢？」

「你知道我爸是怎麼幫我選名字的嗎？他說他要用星座裡鯨魚座肚臍部位的那一顆星的名字，『貝坦．凱托斯』意思就是『鯨魚的肚臍』，天呀！這是什麼爛名字呀！」

「鯨魚的肚臍？我不覺得很爛呀！鯨魚可是悠游在大海中唯一有肚臍的生物耶！」

「海象和海豹也有肚臍呀！」

「他們不能算是完全的海洋生物好嗎?!」

「總之我覺得肚臍是遜斃了的名字。」

「聽著！肚臍先生！我倒覺得這個名字沒有什麼不好，你想想看，我們鯨魚和你們人類都是用肚臍跟母親連結在一起，在媽媽的肚子裡感受母親的心跳，吸收著母親的營養，而且出生之後還能喝著母親的奶水，你不覺得這是一件很被愛護著、很幸福的一件事嗎？」

這樣一聽，貝坦．凱托斯覺得赫魯斯坦的論點好像也很有道理。

「你的意思是，肚臍有一種連結新生命的作用，我爸是想要我跟什麼有連結呢……他想要我當個好獵人，來繼續連結他現在在做的工作，他是我們部落裡的捕鯨隊隊長，不過我一點也不想當獵人。」貝坦．凱托斯瞬間回到先前和父親的爭執情緒裡。

「那你想當什麼呢？人類真好，都可以選擇自己想要的工作。」赫魯斯坦也陷回到低落的谷底。

「我想要當個畫家，我畫得很不錯喔！可是我爸不想讓我去讀美術專班，說什麼身為一個巴多克人，要以延續巴多克的文化為己任，吧啦吧啦、哇啦哇啦一堆理由，所以當人類有什麼好的，當鯨魚才好呢！只要在海裡自由自在，都不需要工作。」

「誰說我們在海裡沒有工作？我們可是人類的腦呢！」赫魯斯坦有點得意。

「人類的腦？是什麼意思？」

「意思就是，宇宙指派了鯨豚的腦來製造所有的創意提供給人類使用。」

「你是說，我們的創意想法其實都是你們製造出來的？怎麼可能！你腦子裡的東西怎麼會出現在我腦子裡咧？」才一說完，貝坦．凱托斯就覺得怪了，現在他不就是在自己的腦子裡讀到赫魯斯坦的想法嗎？

赫魯斯坦似乎從貝坦．凱托斯的表情讀出他的發現，得意的回應：「嗯哼～你覺得不可能嗎？人類的科學家找出腦部如何生產創意了嗎？據我所知，是還沒有喔！」

「好吧！你可以告訴我這是怎麼一回事嗎？創意和想法又不是有實際物質可以拿到顯微鏡底下研究的。」有時不得不承認，人類是很無知的動物，卻一直以為自己什麼都可以知道，貝坦．凱托斯在很多大人身上看到這一點。

「你知道鯨魚的腦比人類的腦大很多吧！」

「當然呀！我們體積差那麼多。」

「可不是體積大的動物腦容量就大喔！先這樣說吧！意念和想法是一種能量的形式，就像太陽光，你抓不到，但感覺得到它的光和熱，這就是一種能量。創意就是一種意念，是一種游盪在我們四周的能量，而鯨豚就是它們的製造者，你知道鯨魚只有一半的腦會睡覺嗎？」

「只有一半的腦在睡，那睡得飽嗎？」

「因為我們要到海面上呼吸呀！如果完全睡著，會忘記要呼吸的！這樣我們會缺氧而死。睡著的那一半的腦，其實就是在製造創意，而製造出來的這個能量會先在海水裡遊走，再經由獨角鯨的長角發射到極光粒子裡，然後在空氣裡四處飄盪，看哪一個有緣人和這個能量的頻率對上了，他的腦就會把能量解讀出來。」

第一次聽到這樣的論點，貝坦．凱托斯覺得這論點本身就是一個創意，他的腦子裡閃過不少藝術家的著名大作，難道其實都是鯨豚的創作嗎？

「不過這樣聽起來，人類好像挺腦殘的，只等著接收和解讀。」貝坦．凱托斯開始有一點能體會大人們常說的「人類很渺小」指的是什麼意思。

「也不是這樣說啦！鯨豚製造出來的同一個創意能量被不同的人腦解讀，就會被轉化成不同的東西呈現出來，因為每一個人的生活經驗不同，就會解讀成不同的內容和表現形式呀！」

「你說獨角鯨的長角是能量發射器？好科幻的感覺呀！」

「應該是說，藉由我們的角，把在海裡的創意能量，放到海面之上。」

「那……你沒有角的話……」貝坦．凱托斯十分好奇，但又不知道該怎麼選擇用詞才不會傷了新朋友的心。

「所以我很困擾呀！一般沒有角的獨角母鯨就會和其他種類的鯨魚一樣生產創意，但不知道為什麼，我睡著的腦一直生產不出什麼能量，我覺得世界上根本不需要我的存在。」

「我也覺得我的存在對巴多克來說沒有什麼作用，因為我的身材那麼瘦小，力氣也不大，雖然已經選了一隻自己的領頭雪橇犬，但壓根兒沒有力量去控制整個犬隊的韁繩。」貝坦．凱托斯想到毛絨絨的來以福酷，想到為牠取名字的廣海緹亞，心裡酸澀著。

「你說你以後想當一個畫家，我覺得很好呀！可以接收很多來自鯨魚的創意喔！不過裡面肯定沒有我的……」

「不會的！赫魯斯坦！說不定你以後就可以生產很多的創意了！」

「我已經十二歲了！連母鯨都看不上我呢！」

「咦！我今年也十二歲耶！我們同年呢！」

沒想到在海中遇見一個不同物種，卻有著相同年紀、類似的煩惱，而且還心意相通的朋友，宇宙的安排真是無法預期的呀！

「肚臍先生！雖然冒昧，但我很好奇你的左額是受傷了嗎？其他的人類額頭好像都挺平坦的。」

「別叫我肚臍先生啦！這個啊……醫生說這個是『顱骨纖維異常增生』，換句話說，就是我頭上長了角。」貝坦．凱托斯伸手摸摸額頭上的突起，「角」果然還在持續成長中，只是沒想到連鯨魚都拿名字來揶揄他，反常的是，貝坦．凱托斯聽了並不覺得心裡不舒服，反而有份親切感，真怪！

「唔～想長角的長不出來，不想長角的卻長了，這是什麼樣的安排呀！」赫魯斯坦嘟噥著，一人一鯨相視而笑，這是個很奇妙的緣份。

「赫魯斯坦，其實我家客廳有一支獨角鯨的長角，是我爸在我出生的那天捕到的，說不定有辦法幫你裝在你的嘴裡。」

「那支角漂亮嗎？真是謝謝你的好意，不過行不通的啦！」

「很長、很粗、螺旋紋很漂亮喔！聽說是隻脫隊和一群弓頭鯨生活的獨角鯨……」

「一隻脫隊的獨角鯨?!」赫魯斯坦的心臟被槌了一記。

「聽說原本我爸是要獵弓頭鯨，沒想到那隻獨角鯨躍了出來，替弓頭鯨擋了魚叉，怎麼了嗎？」

「那是我的父親！肯定是我的父親！長老是這樣跟我說的……」

「赫魯斯坦！對不起！我不知道……我不是有意的……」自己的父親竟然是獵殺朋友父親的凶手，貝坦．凱托斯心裡好難過。

「沒關係的！我看過你的父親，那是我父親自己選擇把生命交給他的，我覺得他的眼光很不錯，你父親有一種捍衛著生命價值的勇士特質，我也很欣賞他。」

「你見過我的父親？你竟然還活得好好的？他是捕鯨隊的隊長耶！」

「我偷看到的啦！前幾天夜裡，在你們村落的岸邊，他一個人看了好久的天空，後來你就出現把他叫走了。」

「是呀~我真不瞭解他為什麼那麼喜歡看天空，還幫我取了這個名字……」這麼說著，他們不自覺的也往天空望去，竟然已經滿天星斗，陽光只留在極北的海平面上。

「沒想到聊著聊著，天也黑了呢！我該回去面對我的課題了，我想明天得跟崔妮老師回覆我無法去念美術專班了。」和赫魯斯坦聊著，情緒也平靜了些，貝坦．凱托斯發現世界不是只有他心裡藏著困擾，他很慶幸赫魯斯坦適時的出現。

「肚臍先生，很高興認識你，我也得回去繼續煩惱對世界沒有作用的我，有什麼存在價值了。」

「你對我很有作用呀！你的出現，讓我感覺不再是一個人孤單的去面對我人生的問題，我覺得我有力量去處理和接受任何結果了。」這是貝坦．凱托斯衷心的感謝。

赫魯斯坦無奈的笑了笑，轉身準備下潛。

「赫魯斯坦！你右尾鰭的缺口是怎麼一回事？」貝坦．凱托斯有點依依不捨，想用問題把朋友多留一些時候。

「殺人鯨的傑作。」赫魯斯坦擺擺尾鰭，當作告別。

「我會一輩子記住你尾鰭的記號，我會一輩子認得出你，謝謝你！赫魯斯坦！」貝坦．凱托斯在心裡大喊，他確定赫魯斯坦聽到了，赫魯斯坦在遠方衝出海面，用側身跌回海裡，激出好大的浪花，這是獨角鯨很罕見的動作，貝坦．凱托斯把這個畫面刻在心裡，決定找一天把它畫下來。

10 原來你懂：貝坦·凱托斯

划著木筏回巴多克的路上，我還一直在想，剛剛發生的一切是真的嗎？還是我的想像？人腦有時不太可靠，但我感受到心裡裝載著滿滿的暖意。

通過卡托島的南端時，我望向島上的火山口，突然覺得也許祖先們是對的，我們和鯨魚是兄弟，我們和世界上所有的生物同是生活在地球上的家庭成員，我應該要學會感激萬物，就像今天對赫魯斯坦的感謝一樣。

今晚，我感受到我在浩大的宇宙之內，被看顧、被連結著，像是肚臍還連在媽媽的子宮裡一樣。

木筏離碼頭還有一段距離，我就發現岸上立了一個身影，心裡不禁一怔，是我的父親！從他的站姿我就辨識得出來，像個勇士，如赫魯斯坦說的。

我深深的吸足一口氣，決定一上岸就先低頭，反正再怎麼強爭，也無力改變大人們既定的想法，至少我還有來以福酷，也許長大後緹亞會願意嫁給我。

但我還是在固定木筏的樁上磨蹭好一陣子才走向父親，我全身有絕大部分的細胞想從即將面對的對話中逃離。

我低著頭走向父親，違反著內心的想望，很困難的吐出每一個字。

「爸……我明天會去跟崔妮老師說……」

「你爺爺答應讓你去念美術專班，如果你可以申請得到獎學金的話。」父親的口氣十分平常，和我預想的不同。

「爺爺答應？」我這才抬起頭，十分不解的望著父親。

「那你……」我不懂父親到底葫蘆裡賣的是什麼藥。

「我從來沒有阻止過你畫畫呀！我知道你畫得挺不錯的。」父親聳聳肩，雲淡風輕，好像下午的爭執都跟他無關。

「可是……下午……那個……」我覺得我是不是來錯地方了？還是，其實我被外星人抓走，回來已物是人非？我睜大眼睛看著父親，左手來回指著家裡的方向，以及我和他。

父親大笑了起來說：「這樣鬧家庭革命的場面又不是第一次發生在我們家。」

「那第一次是什麼時候？」我真的被搞混了，今天明明是我第一次提畫畫的事。

「我十二歲的時候。」父親看著我，我看到他眼底深藏的燭火。

但我更瞭解了，父親不是從小立志要當個部落裡最強的獵人嗎？這有什麼好鬧家庭革命的？

「你知道我為什麼喜歡獨自一人來這兒看星星嗎？」父親抬頭望著星空。

「因為覺得我和米菈在家裡太吵嗎？」

「那只是很小一部分的原因。我相信其他星球一定還有生物存在，而我很想去發掘這片天空的奧祕。」父親的眼睛映著星光，閃閃發亮。

「我想要當個天文學家。」父親回過頭來對著我，口氣很堅定。

這是繼遇見赫魯斯坦後，我再度遇到最不可思議的事。今天是怎麼一回事？

「然後呢？」

「然後就有了和今天下午差不多的對話，以及爭吵。我說著和你下午說的差不多的內容，不過我覺得我當時的口氣可能更衝一點。我爸，就是你爺爺說著比我今天下午說的再狠毒十倍的話。」父親舉起手摸著下巴的鬍渣，一副評論家的口吻。我想我終於明白為什麼父親和爺爺的互動總帶著距離感了。

「當然結果就是你出生、米菈出生，然後你媽肚子裡還有一個快要出生。」父親又聳聳肩。

「既然你都革命過了，一定可以理解我的想法嘛！為什麼還要反對我？」我忍不住抱怨起來。

「我沒反對你呀！從頭到尾，我有說出『你他媽的不准給我去學美術，你再畫畫我就打斷你的手』之類的話嗎？」

「呃……好像是沒有，不過你的意思就是不准我去念美術專班，一定要我待在部落和你一樣當個獵人呀！」

「喔！我那是說給我爸聽的，我只是把他曾經丟向我的話，經過修飾，然後再丟給你，讓他用一個旁觀者的角度去看我們的對話。」

「幹嘛這樣做咧？」我完全無法瞭解。

「貝坦，世界很大的呀！我們不能只安於這一片小小的角落，我們應該要能走出去，和世界連結。但老一輩的人還無法接受這樣的事實，在他們的人生中，並沒有經歷過和世界這麼頻繁的接觸，我們不能怪他們老頑固，每個世代會經歷的困難都不同，他們也是很辛苦的才從他們的年代生存下來，所以我做的，只是給我的父親有時間去瞭解和適應。」

難怪下午爺爺的表情那麼奇怪，原來他正看著自己的兒子和孫子上演著往日的戲碼。

「就是說嘛！管他什麼傳統的文化！我們要求進步！」我的心裡燃起一份炙熱。

「貝坦，你不能遺忘我們的文化，你身上流著巴多克的血，如果你忘了你的根源，還有什麼可以支撐起你這一個人呢？但這不表示你就得窩在這個小地區，無論你在哪兒都能想著如何為巴多克做出什麼貢獻，這就是你存在的價值。」

「既然你不反對我畫畫，為什麼老是要求我要像你一樣當一個好獵人呢？」親愛的老爸，你知道你給瘦小的我壓力有多大嗎？

「貝坦，你生活在極區呀！這兒的環境並不是很容易生存，如果你不具備任何在極區求生的技能，你只能被這冷酷的環境打敗。如果哪天你獨自一人迷失在部落之外，你能靠自己活著回部落嗎？你有想過這個問題嗎？」

換我聳聳肩。我是真的沒意識到這個問題的嚴重性，哈達欣總會罩著我，但如果沒有哈達欣，呃……我想我會很慘。

「走吧！大夥兒都等著我們回家呢！」

父親的大手搭在我的肩上，這是他的習慣動作，每回媽媽派我來到鯨岸廣場喊他回家時，他總是這樣和我一起走回家。今晚，我覺得他的大手特別有力，特別溫暖，而我們兩個心裡的距離則是有史以來最近的一次。

「爸！你可以告訴我，鯨魚座的肚臍在哪裡嗎？」我停下來抬著頭，等著父親指出天空中的一個方向。

父親拍拍我的肩，示意我繼續往前走，然後說：「這兒看不到鯨魚座的，要在南半球才看得到。」

什麼?!你竟然幫我取了個連我自己在出生地都看不到的星座名，我感到有點洩氣。

才打算再跟父親抱怨這個名字給了我多少的困擾，卻看見父親意味深長的微笑。

我突然懂了。

原來，父親一直想往更大的世界探進。

原來，父親在我的名字裡放進了這個想望，希望我能走出巴多克的小框框，就算我離開他到像鯨魚座一樣遙遠的地方，他仍然會支持著我。

我的淚水又開始在眼瞼裡聚集……

父子倆回到家，家裡已如往常，唯獨不見爺爺的身影，母親說他已經早早回房休息。

母親離開正在看的電視節目，向前擁抱我，我注意到電視裡是母親最喜愛的美國暢銷女作家伊莉莎白．吉兒伯特的專訪，我回給母親一個擁抱，卻不自覺的被女作家的談話內容吸引。

「我覺得創意和靈感是活的，是有機的，它們在我們的周圍遊走。它們會觀察你、企圖引起你的注意，進而想和你合作，甚至有時你得伸出手抓住它們的尾巴，以防止它們從你身邊逃脫。當然，如果你對它們的挑逗無動於衷，或是冷落它們太久，它們就會十分乾脆的轉身離去，尋找另一個有緣人……」

天啊！

我在心裡大喊。

赫魯斯坦說的是真的！

赫魯斯坦道別的那一幕瞬間回到我的腦海，我忍住了想把和赫魯斯坦相遇的經過告訴家人的衝動，到底在這個講求科技文明的時代，有誰會相信「有一條鯨魚告訴我，鯨魚是人類的腦」這樣的故事呢？

我。相信。

11 宇宙的低喃：赫魯斯坦

才離開貝坦・凱托斯，我就有一點想念他了。一個左額上長著角、和我一樣對自己的未來和存在價值有著滿滿的疑惑、名字意思是「鯨魚的肚臍」的男孩。

他說他很喜歡畫畫，他會記得把我畫在他的作品裡嗎？如果我被他畫下來，是不是我的存在也有一點意義呢？他說他會一直記得我，這種感覺怎麼有種甜甜的味道？

我的名字也有什麼特別的意思嗎？

我的腦子裡浮現好多問題，如果我也能製造出很多的創意，像我腦子裡源源不絕冒出的問題一樣，這樣該有多好呀！

離開他後，我有個全新的發現——沒想到光只是有個人願意聽我說，願意和我分享他的煩憂，就可以讓我的心靈感受到支持和安慰。雖然我的問題還是在那兒，一丁點也沒有減少，但我的心已不再那麼哀怨了。我應該在告別時，也對貝坦．凱托斯說聲謝謝才是。

「赫魯斯坦！怎麼又獨自閒晃呢？不怕又遇到殺人鯨嗎？」科俄斯長老突然出現在我的眼前，把我嚇了一跳。

「呃……我是在思考該怎麼讓我的腦可以製造出創意。」我想，和人類接觸又聊了半天這種事，還是不要說的好。

「你是在煩惱這事呀！只要你的腦睡著了，自然就能運作出創意的能量了呀！」

「我睡覺時，除了偶爾有股高頻的嗡嗡聲在我的四周，好像想進到我的腦子之外，我完全沒感受到任何能量從我的腦中傳出去，看來我不但不能做雄鯨的工作，連一般鯨魚的工作都做不來。」無法控制的哀怨仍然不時想從我的心裡流洩出來。

「赫魯斯坦，你知道你的名字是什麼意思嗎？」科俄斯嚴肅了起來。

「我的母親從來沒跟我提過。」事實上，在今天之前，我也沒想過任何有關名字意義的問題。

「赫魯斯坦這個發音在冰島語的意思是『聆聽』，你有仔細聆聽過宇宙的聲音嗎？」

「我……我沒聽過什麼宇宙的聲音……」天啊！我連生產創意這種基本工作都做不來了，還怎麼會聽到來自宇宙的聲音呢？

「孩子呀！聽覺是和他人聯繫最重要的知覺，但是！唯有你先安靜了自己，才能聽得到別人。」

我閉上嘴，仔細的聽看看是不是能聽到什麼。

除了一如往常的海潮聲，什麼都沒有。

「我剛剛都沒有出聲呀！但我還是什麼也沒有聽到。」我努力修正略帶抱怨的語調。

「我指的是，安靜你自己的心。」

「這和我的工作有什麼關連呢？」我覺得老人家說話都太玄了，總愛繞了個大彎，還讓人抓不到他想講的重點。

「你知道除了大部分的鯨魚是製造創意，而獨角雄鯨是發射創意訊號之外，還有部分的鯨魚是在整合這些能量形式，再轉換成更明確的樣子的嗎？」

「啊！我的母親有跟我提過！但這是一小部分比較特殊的鯨魚的工作。」

「你覺得你不夠特殊嗎？」科俄斯斜著眼看我。

「我不確定……」

「你說你的腦製造不出任何創意能量，但你有試過讓能量進到你的腦子裡，再整合出來嗎？」

「呃……我沒想過可以這樣做……」

「你花太多時間在自怨自艾的問題上打轉了！靜下你的內心，傾聽宇宙的安排。」

科俄斯說完就往海面上浮去，留我獨自在原地。

我回到鯨群，有些鯨已處於半眠的模式，或許應該說，工作中的模式。

我有多久沒有好好的讓腦休息了呢？科俄斯說得對，最近我一直在對自己問東問西，在對自己無法生產創意而煩心。我是該學著靜下心來，不管會不會聽到宇宙的聲音，或是接收到其他的能量，我得先讓自己的腦好好休息。

我游上海面換一次氣，然後找個舒適的位置，閉上眼睛，把

所有色彩隔絕在我的眼皮之外，讓完全的黑暗帶來的寧靜，慢慢滲進那半邊打算進入睡眠的腦袋。

一個很微弱而高頻的嗡嗡聲像從遠方而來，經過我的周圍，我不打算太在意。正在休息的半腦被黑暗輕捧著，我可以感覺到像被吸進一個柔軟而無底的區域，下沉、再下沉。嗡嗡聲也跟著被吸進去了，我並不覺得不舒服，就這麼隨它去吧。

更多微弱的嗡嗡聲在不見底的大腦深處悄悄的碰撞分合著，它們似乎十分忙碌。

突然我的腦把黑暗漸漸往外推，嗡嗡聲們也一併慢慢的被推往腦外，我的意識逐漸和身體再度結合。我睜開雙眼，往海面上游去，送給自己的肺臟滿滿的新鮮氧氣。我感覺到剛睡醒的半腦殘留著許多情緒和圖像的尾勁，我試著去解讀，卻抓不到確切的形狀。

或許我壓根兒不需要費力去抓取，那些曾經進到我腦子裡，經過分分合合再離開我的腦子的什麼們，已經等著下一次再度來臨的極光，然後藉由那些獨角鯨們的長角，發散到世界各地去尋找可以回應的創作者。

我想我學會了，先安靜自己，然後聽取宇宙安排的來臨。

我是一頭名字的意思是「聆聽」的鯨。

12 大爆發：貝坦・凱托斯

我盯著眼前的作品，覺得好焦躁，到底哪兒不對勁？我實在看不太出來。

全國的美術系大學聯展再一個月就要舉辦了，為此，我從暑假還沒結束就開始著手進行這次參賽作品的構思。延續著我最喜歡的熱帶主題，雖然到目前為止，我還沒有足夠的預算可以實地探訪熱帶國家，但我一直很喜歡熱帶充滿著豐富、鮮豔而且飽和的色彩，總在視覺上讓人產生一股熱情。

拜現代高科技之賜，我用不著像印象派的法國畫家高更那樣，千里迢迢跑到大溪地去生活，我只要在網路上花點時間，便可一覽熱帶風情。

構圖上是一個在溪邊洗頭髮的少女。女孩背對陽光，甩起頭，烏黑的髮噴灑出的水珠映著陽光的燦爛。我刻意讓女孩因為背光而看不清五官，這樣才能和背景鮮明的植物們產生巨大的視覺落差，雖然還沒有畫完，但我其實挺滿意這回的構思，選擇一百號的畫布，把熱情全部收盡。

當然，我偷偷的把廣海緹亞的臉融在女孩暗晦不明的笑容裡。只要畫的是女性，緹亞就是萬中選一的模特兒。

今天下午，我可是抱著快滿出來的信心，請克勞德教授來指導一下，看有沒有哪些地方需要再作調整，而心底是想直接接受他的稱讚，就如以往。

但克勞德教授的反應讓我不知所措。

「唔～光線的律動抓得不錯。」克勞德教授習慣性的摸著他的山羊鬍。

「謝謝教授！那麼，我就繼續進行下去了。」和我預想的結果一樣，我用嚴謹的應對來掩飾快溢出來的得意。

「不過……貝坦．凱托斯，我還是覺得哪裡不夠到位……」

「是光線對比還不夠強烈嗎？這個我可以再調整。」

「嗯……嘖……」克勞德教授皺著眉，嘴巴持續發著或吸或嘖的聲音，走遠再靠近，就這麼來回看著我的畫。

山羊鬍教授，你也明確一點說呀！不要老丟出個「不夠到位」就好像已經指導完畢了嘛！這種模稜兩可的評論，我也會講啊！

「我看不出你的情感，在這幅畫中。」

啥?!我用在這畫裡的情感都快燒起來了哪！那畫裡的可是廣海緹

亞呢！

「呃……教授指的是？」我覺得我的臉上有一抹溫度褪去。

「我比較喜歡你去年畫的那幅『告別』。」

克勞德教授指的是我去年參賽時那幅得了佳作的作品。我畫的是赫魯斯坦離去時的那一躍，赫魯斯坦一樣是背對著星光，我還把鯨魚座畫在空中，位於肚臍的那一顆星閃亮著，和赫魯斯坦撩起的水花互相輝映。

這麼想起來，我似乎特別喜歡讓主角背對著光源，尤其在畫人物的時候，總是特別強調背景勝過於主角，這是為什麼呢？

「教授，那幅『告別』的尺寸只有六十號，我今年想挑戰一下大尺寸的畫作。」是不是首次畫這麼大的尺寸，所以哪兒抓得「不夠到位」呢？

「當然很好，你已經升上大二了，應該試著去掌握大尺寸的作品，但是……」

啊到底但是什麼呀？講不出來就是沒有問題嘛！

「貝坦．凱托斯，你的故鄉是在亞洲嗎？你看起像是東方人，但名字並不像。」克勞德教授一臉狐疑的盯著我，我不懂這有什麼關連。

「不是，我的故鄉在國土西北角的極區小部落。」巴多克是一個說出來也等於白說的地方，大部分的人聽了只會再追問：「巴多克是在哪呀？」所以我把故鄉的說法修改成比較容易讓人理解的地理位置。

「在極區呀……但我看你總是畫熱帶的題材。」

「是呀！我從小就很喜歡熱帶的色彩。」

夠感染人心。」

「既然你生長在極區，怎麼作品很少呈現極區的風貌呢？」

「因為極區的色彩實在不怎麼豐富，而我覺得鮮豔的色彩比較能夠感染人心。」

「但我覺得你的『告別』很能感染人心呀！」

「那幅作品畫的是一頭沒有角的獨角鯨。」赫魯斯坦，我一直沒有忘記你，雖然在那一別之後，我每每試著回到海上等待著你的出現，卻再也沒能遇見那副讓人雀躍的尾鰭。

「獨角鯨是生活在極區的鯨魚。」

「是……」

「你在那幅作品的情感是很真實的，但在目前的這幅就顯得刻意，我覺得你可以花點時間好好想一下這個問題，我不是說這幅的技法表現不夠好，只是需要有更深入人心的東西。」克勞德教授下了個讓人抓不到方向的結論，然後不知道是在鼓勵，還是安慰的拍了拍我的肩，轉身離開這間位於系館大樓地下室的挑高畫室。

我已經快把頭髮抓禿了，卻還沒意會出教授所謂的「刻意的情感」在哪兒，應該怎麼修改成「真實的情感」。

把內心的想像呈現在畫布上，等待有共鳴的觀眾和作者對上頻率，畫畫不就是這麼一回事嗎？說不定教授只是雞蛋裡挑骨頭，他受不了沒有對學生做任何的指導，一定是這樣的！但教授拋出的質疑像根細刺卡在我的喉嚨，無論我怎麼的自我辯解和安慰，都讓我覺得不太舒服。

「汪！」

手機裡傳來一聲來以福酷的吠叫，是緹亞稍來訊息。

暑假回到部落時，我用通訊軟體錄了一小段來以福酷的叫聲當作緹亞專屬的訊息提示音。來以福酷目前已經是我家的領頭雪橇犬，牠果然擁有超眾的力氣和膽識，是我父親的得力助手，在我離家求學的這段期間，代替我陪伴著父親。

聽母親說，我上了中學的美術專班後，爺爺變得很沉默寡言，雖然父親試著想拉近與爺爺的距離，但爺爺似乎不太領情。

幸好那年七月出生的弟弟充分展露出巴多克的基因，長得又高又壯，還對打獵十分感興趣，小小年紀就吵著要和父親一起上山獵雪狼。因為這個弟弟，爺爺的笑容才終於又展露出來。

而廣海緹亞在她父親的鼓勵下，回到日本首都念航海相關的科系，因為有日本親戚的就近照顧，比起到廣大國土的其他地區念書，她的父親覺得日本比較讓他放心。我就只能隔著太平洋，用通訊軟體和緹亞交換著對彼此的思念。

「汪！汪！」來以福酷又在我的手機裡叫了兩聲。

我不想把目前的焦躁情緒感染給緹亞，所以先去畫室外頭洗了把臉，才拿起手機。

「貝～」緹亞的第一個訊息。

「我無意間看到這則網路新聞。」第二個訊息。

第三個訊息是一個新聞連結，我在點進去看內容之前，先回了一個愛心給緹亞。

「嗨！緹～今天好嗎？」只是打了緹亞的名字，就讓我的心裡不自覺泛起微笑。

「貝！你看了嗎？」緹亞馬上回覆。

「等我一下。」有什麼新聞這麼急著想讓我知道呢？

我點開連結，斗大的標題打進我的眼窩，我覺得眼前一片黑。

「巴多克人捕鯨現場，血腥海灘曝光！」

在標題下的圖片是一群人站在一頭鯨魚身上，正在準備把鯨魚從海水裡拖上岸。鯨魚身上，正在拔魚叉的是我的父親，極區的風雪把他的法令紋刻得更加堅毅。霍特也在裡面，他念完中學便選擇留在部落，霍特有很好的狩獵天賦，而我的父親也當他是親生兒子一樣的教授他打獵捕鯨的技巧。

「幾千年以來，巴多克人維持著捕鯨的傳統，而使用的方法幾乎沒有改變……

「……海岸邊遍布著鯨魚的鮮血。我們不禁要問，在物質交流已如此便捷的現代社會，巴多克人為何要執意捕殺數量已日漸稀少的鯨魚以及海豹當作食物來源？在我們高倡著要保護地球物種多元的口號下，為何還要容許巴多克人以保護傳統文化之名，而行破壞生態之實的殘忍獵殺？……」

我斷斷續續，換了好幾大口氣，才好不容易把整個報導內容讀完。

什麼跟什麼嘛！你們有什麼資格作這樣的報導和評論？

你們這些記者瞭解巴多克人嗎？

你們知道巴多克人在極區是怎麼生活的嗎？

我花了好大的力氣才忍住沒把手機摔出去，但已沒力量攔截不斷滾出來的眼淚。

「緹～妳知道不是這樣的！我們不是冷血的生態殺手！」我顫抖

著手，很吃力的打完一個訊息。

緹亞打電話過來了，我任由鈴聲響著。

我不想讓她知道我在哭。

在我內心翻起的風暴，經過我的聲帶狂掃出一串震耳的嘶吼。

父親知道有這樣的一則報導嗎？那個把天文學家的夢想埋葬在堅硬的冰層底下，努力的支撐起整個部落的延續，寬容的支持著兒子想當畫家的夢想的偉大父親。

我應該在巴多克和父親一起為了部落而戰！

我到底在這兒幹什麼？

我學畫能幫得了父親什麼？

我的嘶吼可以為父親平反些什麼？

我真是個無用的懦夫！

「貝坦・凱托斯，你還好嗎？」畫室門口探進一個系上學長驚恐的臉。

「出去！你們這些自以為文明的傢伙！出去！」我把調色盤丟向門口，學長在第一時間趕緊關上門，木製的調色盤打在門上又落回地面發出「空咚」的聲響，在偌大的空間迴盪，讓我有置身在海底的錯覺，我彷彿聽見在海裡悠游的鯨群，相互交換著彼此的訊息。

原來我一直在逃避自己的巴多克血統，逃避著我一直跟不上巴多克人的特質，我太瘦弱，巴多克人應該是要很健壯的。逃避著自己黃褐色的皮膚、細而小的黑眼珠、相對扁塌的鼻子以及烏黑的髮，所以生活在這個以白種人為主的地區，我的畫總用背光來模糊人物的五官，我想模糊的，其實是長在自己身上的這副模樣。

「無論你在哪兒都能想著如何為巴多克做出什麼貢獻，這就是你存在的價值。」父親的話在腦海中浮現，我想起父親告訴我鯨魚座在南半球時，那抹意味深長的笑容。

有一個什麼閃進我的腦子裡，被腦部的神經牢牢抓緊，我閉上眼，努力去解讀出那團在我腦中游移的混沌，是一個影像！

對！我可以為巴多克做點什麼。

就在這裡！

我似乎找到了我對巴多克的存在價值，我的心感覺到前所未有的完整，就像終於合體的變形金剛。

我從空白畫布架上抽出一幅兩百號的畫布，把原本的熱帶少女甩到一邊，重新架好如冰層一般雪白的布框，炭筆落在布上的聲音像族人古語的低喃。

卡托和依娃大神，請賜給我力量。

讓世界看見，真正的巴多克。

13 巴多克的臍帶

「記者目前位在首府的艾米麗卡爾藝術大學，這裡正在舉辦全國美術大學創作聯展，各位可以看見記者身後琳瑯滿目的藝術作品，其作者都是目前仍在學的新一代藝術新秀。

「而拿下這一次聯展首獎的是這幅名為『巴多克的臍帶』的兩百號油畫作品，由就讀於阿爾伯塔藝術設計學院二年級的學生貝坦・凱托斯・諾頓所繪作。

「我們可以看見這幅作品的構圖為一雙纖細的玉手像東方太極的環捧狀，在畫面的中間形成一個圓形的區域，這雙手纏滿了植物的圖像，鮮明的色彩展現出生生不息的生命力。在雙手之中，左邊是一隻頭下尾上的鯨魚，而右邊是一個頭上腳下，蜷曲著四肢的人類嬰兒，十分奇特的是嬰兒的頭上長著一支像獨角獸的長角，作者用一條交纏的臍帶連結了鯨魚和嬰兒的腹部，鮮明的色彩和背景深色浩瀚的星空形成強烈的對比，十分超現實的創作題材。

「鏡頭請帶到展覽館外，外頭有幾群聲援傳統捕鯨部落的民眾，這也是今年的美術聯展引起社會熱烈關注的原因。

「啊！作者出現了，我們來瞭解一下作者背後的創作動機。」

「諾頓同學！你是貝坦．凱托斯．諾頓嗎？」

「呃……我就是。」眼前的這個男同學左前額上有一個骨頭似的硬質突起，對於突然出現的麥克風表現得十分害羞。

「很恭喜你得到這次聯展的首獎，是不是可以請你說明一下這幅畫的創作理念和動機呢？」沒想到才一問完，害羞的男同學眼神竟然亮了起來，他吸了一口氣，挺起胸膛。

「我的創作動機來自於日前在網路上流傳的一則新聞，新聞提到在我國西北邊境的一個以捕鯨為生的傳統部落，叫做巴多克。」

「是那則有關殘忍的捕鯨部落報導……」

「是！」男同學的表情倏的嚴肅起來，眉頭一皺，看著我，像是在責備。

「但殘忍的是你們這些不去深入瞭解和探討，就亂報一通的媒體。」

我一時不知道要怎麼接續，那篇報導並不是我寫的呀！

微笑！微笑！我要保持記者的專業。

「可以請你多作說明，讓觀眾們更理解你的創作理念嗎？」我順

勢帶領他到畫作旁。站在包含畫框超過兩百公分高的油畫側邊，如此近距離的和作品對望，連我都不由得被這幅畫的氣勢震懾內心。

貝坦·凱托斯·諾頓開始侃侃而談。

「我就是巴多克人，我出生在那兒，在那兒成長。而巴多克人相信我們的祖先是一條鯨魚和地球上名叫依娃的第一個人類一起產下的後代，這雙手就是依娃的手，一雙母親的手。母親孕育著生命，無論是花、草、木，或是其他的生物。

「而人類和鯨魚一樣，都是藉由臍帶從母親身上汲取生長的養分，所以我們相信，鯨魚是我們的兄弟。再廣泛一點的說，地球上的生物都是宇宙孕育出來的生命，地球就是我們著床、成長的子宮，那麼，我們和其他物種，不就該同為手足？

「是的！我們捕獵鯨魚為食。但我們懷著對鯨魚的敬意，我們相信鯨魚會選擇把生命交在牠們認可的獵人手中，只有心懷正直的人，才有資格當個鯨魚的獵人。

「我們也懷著對宇宙的敬意去獵捕其他的生物。巴多克地處極區，物產並不如世界的其他地區那麼豐富，我們對宇宙賜與的食物，無論是鯨肉、海豹肉，或是其他山裡的鳥獸，我們都只取所需，不過度捕殺，不獵捕年幼的動物，或是仍在哺育著孩子的雌性。只有努力維持著生態的平衡，我們才能確保下一頓會有食物。

「而在我們死後，我們腐爛的軀體將再度為這片大地帶來另一個生生不息的循環。

「試問，當你們吃著美味的牛、豬、雞、魚、鴨時，是否也像巴多克人一樣懷著敬意和感謝？是否感念著食物得之不易而不輕易浪費？

「包括巴多克和其他以捕鯨為生的部落民族，我相信還有散布在地球各地維持著傳統生活模式的族群，都是懷著這樣的心情在取用大地資源，卻不被自詡文明的大眾所理解。」

這個有著亞洲臉孔的大男孩，展露著澎湃的熱血，他的眼神炯炯含光，我不禁被吸引著，直到他講完這個段落，我都還無法從他黑亮的瞳孔裡脫身。

攝影師在耳機裡提醒了我，我趕緊回神面向攝影機。

「是的！我們可以看見展覽館外聚集了不少其他的部落民眾，他們高舉著布條希望大家能明白他們的傳統文化。我想觀眾們比較不明白的是，在這個便利的社會，部落民族也可以擁有來自各地的食物供給，為何要辛苦堅守著傳統的捕食？」

我再度凝視著那雙炙熱的眼睛。

「大家知道離巴多克最近的機場，一年只有一趟飛機的起降嗎？知道從巴多克要到最近的市鎮補給，需要花多少小時來回嗎？更別提有些部落是位在更不便利的地方。

「如果哪天對外交通斷了線，而這些部落居民已經喪失了野地求生的技能，請問你要我們靠什麼生存下來呢？」

「諾頓同學，可以請你多談談你的作品嗎？你選擇繪畫的這隻是什麼鯨魚呢？」

「這是一頭長不出角的雄性獨角鯨。」他收起方才的嚴肅，泛著若有所思的微笑。

「可以請你說明一下嬰兒頭上長角的意含嗎？」

男同學伸出手摸了摸左額上的突起。

「我就是那個長角的嬰兒。我並不想要我的頭上長著這樣的角，卻是那條鯨魚一生所期望的。我們常常羨慕別人所擁有的，總是在意著自己所沒有的，因為這樣的缺乏，有時我們會在世界上找到一個可以互補的對象，就像人類無法摒除其他物種而獨立存在一樣，有一條無形的臍帶，連結著人類和其他生物，也連結著宇宙。

「我們從來不會在臍帶被切斷之後，就和母親斷開一切的連繫，我們總是努力想和母親黏得更緊，我想說的是，我們應該要和地球生態黏得更緊才是。」

攝影師再度提醒，是該作個結尾。

「十分感謝貝坦．凱托斯．諾頓同學接受我們的訪問，這幅作品融合了你的原生部落對生態的關懷，讓我們更深入的瞭解巴多克民族的信念，也帶給觀眾對少數民族文化的反思，再次恭喜你獲得首獎。」

貝坦．凱托斯．諾頓回復成原本恭謙有禮的樣子，帶著微笑離去，在我為整個展場訪問作個總結的當下，我聽見他拿起手機興奮的向對方說：「緹～你絕對猜不到！我剛剛接受了電視台的訪問……」

我聽著他雀躍的聲音，心裡想著這才是屬於這個年紀該有的氣息，衷心的希望他肩上背負著的民族使命是他人生的助力，而不會是甩不掉的包袱。

「以上是國家新聞台記者克莉絲．坎伯在首府為您所作的報導。」

九 歌 少 兒 書 房 2 7 5

鯨魚的肚臍

國家圖書館出版品預行編目 (CIP) 資料

鯨魚的肚臍 / 娜芝娜著 ; 王淑慧圖 . -- 初版 . --
臺北市 : 九歌 , 2019.11
面 ; 公分 . -- (九歌少兒書房 ; 275)
ISBN 978-986-450-264-6(平裝)
863.59 108016697

作　　者 —— 娜芝娜
繪　　者 —— 王淑慧
責任編輯 —— 鍾欣純
創 辦 人 —— 蔡文甫
發 行 人 —— 蔡澤玉
出　　版 —— 九歌出版社有限公司
台北市 105 八德路 3 段 12 巷 57 弄 40 號
電話／ 02-25776564・傳真／ 02-25789205
郵政劃撥／ 0112295-1

九歌文學網 www.chiuko.com.tw

印　　刷 —— 晨捷印製印刷股份有限公司
法律顧問 —— 龍躍天律師 ・ 蕭雄淋律師 ・ 董安丹律師
初　　版 —— 2019 年 11 月
定　　價 —— 260 元
書　　號 —— 0170270
I S B N —— 978-986-450-264-6